喜歡本大爺的竟然就妳一個？

orewo
sukinanoha
omaedake
kayo

作者 駱駝
illustration ブリキ

U0045721

Kadokawa Fantastic Novels

「因為和花灑一起跑步，
就是我早上最期待的事嘛！
Let's Dash！」

葵花／日向 葵
「我」的同班同學兼兒時玩伴。葵花這個綽號的由來，是因為只要把她本名的字換一下順序，就會變成「向日葵」。別看她這樣，她可是女子網球校隊的王牌。也就是說，她運動神經非常出色（但是成績不太好）。她隨時都很開朗又活力充沛，所以非常受大家喜愛。

Cosmos 學姊／秋野 櫻
高中三年級的學生會長。Cosmos 這個綽號的由來，是因為從她本名抽掉一個字就會變成「秋櫻」。她乍看之下酷酷的，其實非常可親，在校內的評價也非常高。不只是容貌美麗，成績竟然也是學年第一名！給人的感覺真的就是完美。

「花灑這種
慢條斯理的作風，
我很喜歡喔。」

「因為我在跟蹤你嘛。」

Pansy／三色院菫子
午休時間一定會待在圖書室的少女。Pansy這個綽號的由來，是因為把她的本名省略兩個字就會變成「三色菫」。這個名字乍聽之下很上流，但該怎麼說，她超級不起眼的。畢竟她戴眼鏡又綁辮子，也根本搞不懂她在想什麼。而且只對我超級毒舌！說穿了，就是我討厭這女的。

contents

Kadokawa Fantastic Novels

orewo
sukinanoha
omaedake
kayo

序章 我不想見妳

「就在今天……就在今天啊……」

時值午休時間，右手拿著便當的本大爺看著寫在眼前門上的「圖書室」這三個字，向神祈禱似的用左手劃了個十字。

「欸，那個人，我記得是二年級的……大家說絕對不可以跟他扯上關係的人……」

「我們快走吧！看著那種人，連午餐都會變難吃啦！」

湊巧從附近走過的學妹們針對我說出辛辣的話語。

這種只有在校內得到「沒朋友」稱號的人才享受得到的特權，今天也發揮得淋漓盡致。

可是，這種事情我已經習慣了，也不用一一放在心上。

「好！那就上吧！」

氣勢充電完畢！我假裝沒聽見學妹們的話，意氣風發地開了門。

我強而有力地踏出一步，衝進了圖書室。

哪怕前方有著多麼艱鉅的困難等著我，我都不能逃避！

我任由這個念頭驅使，全力將視線轉向櫃臺，結果……

「咦？不在……奇怪了，平常她……」

「你好。」

「……！」

被人從背後搭話這種意料之外的事態，讓我全身的毛一起 Stand up。

冷靜啊！我！要是現在慌亂起來，可就正中她的下懷了！

「你嚇到了嗎？」

「……呵，意料之中。」

我保持冷靜，始終老神在在地撥起頭髮這麼說。

雖然雙腳就像剛出生的小鹿一樣猛發抖，不過這點就請大家睜隻眼閉隻眼了。

「你這樣看著人家……人家會害羞啦。」

我轉頭朝背後發射充滿嫌惡感的視線，完全只帶來了反效果。

這個正向能量女把我的視線往對她有利的方向解釋，臉頰飛紅，用拿在雙手上的文庫本——芥川龍之介的《羅生門》遮住了臉。

而且她似乎還會錯意而有所期待，微微拉下書，仰頭朝我瞥了一眼。

這是同時強調害羞與圖書委員身分的高等技術。

「唉～」

看到這種情形，我重重嘆了一口氣。

如果這麼做的是個可愛的女生，我當然會抵擋不住啦。

可是啊，這個女生，是令人嚇一跳的不可愛。

平坦的胸部及面無表情的平淡臉孔，再加上辮子跟眼鏡，哪來的昭和女子啊。

時值平成，我心平靜。臉紅心跳這種事情的生存率，連翻車魚的魚苗都不如（註：日本年號的「平成」日文讀音與「平靜」相同）。

「妳，那邊；我，這邊。」

所以我先後指向自己該去的地方（閱覽區）與少女該去的地方（櫃臺）然後邁出腳步。

附帶一提，我要前往閱覽區的理由很簡單。

不知道為什麼，我們學校的圖書室裡只有閱覽區允許學生飲食。

閱覽區很寬廣，又設置了大書桌，從窗戶照射進來的陽光暖呼呼的很舒服，是我的療癒聖地。

我在這裡坐下，一邊療養心中的傷一邊打開自己帶來的便當盒。

「啥？」

忽然往旁一看，少女似乎不聽我的指示而跟來，在我身旁坐下。

「我們一起聊聊天吧。今天我準備了好喝的紅茶。」

看來她有話要跟我說。

還搖了搖看似裝了紅茶茶葉的茶包。

「閣下盛情令人惶恐，但恕我難以從命。」

我心地善良，不管對多過分的人都不會忘記顧慮對方的感受。

我對少女誠懇禮貌地婉拒，朝她一鞠躬。

相信若有不知內情的人看了我這種態度，肯定會感動落淚。

「是嗎……我知道了。」

少女似乎聽懂了我充滿慈愛的話，平淡地回答完就這麼起身走開。嗯嗯，不管有什麼苦衷，待人和善還是很重要的耶。

一個平常都死命糾纏到我理她為止的女人，今天可是很乾脆地放棄了啊。

好啦，Let's lunch time！首先大口吃下一口香腸！嗯～～Juicy！

＊

「呼～～……吃得好飽。」

我吃完午飯，就這麼把上半身趴到桌上。

反正就算回到教室也待得不自在，不如在這裡好好休息。

小孩子就是要多睡才會長大。為了心靈與身體的成長，午睡是不可或缺的。

噢，陽光暖呼呼的好舒服。真的是……暖呼呼的……

暖呼呼的……暖呼呼的……暖呼呼的……

「好痛～～！」

就在我即將進入夢鄉的瞬間，背上傳來一陣非比尋常的劇痛。

我不由得站起來，發現剛才那女人竟然把大量的書本朝我推下來。

「妳搞什麼！」

「還不是因為你那麼壞心？」

她說著把臉往旁一撇，鬧起彆扭，態度簡直像在說一切都是我的錯。

「大爺我才不想跟妳說話。」

「我想跟你說話。」

「我不管妳想怎樣。」

「我才不管你想怎樣呢。」

彷彿我要跟她談話是已定案事項，不知不覺間，眼前已經放著兩個倒了紅茶的馬克杯。

而且還很周到地其中一個寫上我的名字，另一個則寫著她的名字，兩個馬克杯拼在一起就會湊成愛心形狀。

臭娘兒們，可恨……結果她今天還是沒死心嘛。

「……好啦，我聊總可以了吧，聊就聊。」

「我好開心。那麼，我準備一下。」

我認命擺出願意談話的態度，她就按住裙子，以美妙的動作在我身旁坐下。

她端起馬克杯，心情大好地一口一口喝著紅茶。

「那，要聊什麼？」

「……！」

她喝紅茶的動作當場定格，之後生硬地將視線從左往右移動。

「喂，妳這娘兒們……該不會什麼都沒想吧。」

「我……屬於身體會先有動作的類型。」

「妳也太有侵略性了吧！妳是圖書委員，應該先想好再行動！」

「這樣一來，你又對我了解了一些呢。」

「我一點都不高興就是了！」

「我高興，所以這樣就好。」

她口氣平淡，但多半是真的很開心吧。

圖書委員把自己的馬克杯咚的一聲放到桌上，然後慢慢湊向我的馬克杯，企圖拼出一個心形。

「……那妳就問點什麼，我會回答妳。」

我立刻拿起自己的馬克杯阻止心形完成的同時，喝了一口紅茶。

令人懊惱的是，紅茶很好喝。

「問你喔，最近如何？」

「聚焦一下，這也問得太籠統了。」

「問你喔，來點細菌如何？」（註：「最近」與「細菌」日文音同）

「會升天！妳是有沒有準備得這麼周到啦！」

「還不是因為你不肯回答我？明明說會回答的……就愛騙人。」

「……呃。最近我也和平常一樣，學校裡那些傢伙都用對我倒胃口的眼神看我。」

「你好辛苦喔。」

「會弄成這樣還不是妳害的。」

「……話是這麼說，也說不定啦……」

我的話讓她沮喪起來。但我不會同情她。

她就是對我做了這麼過分的事，所以她是自作自受。

哪怕她垂頭喪氣，眼眶微微含淚，我也不可能原諒她。

「真要說起來，如果妳真的在反省，就趕快想辦法讓我高興。」

我往旁一瞥催她回應我的期待。她這麼機靈，相信這樣說她就全都會懂了。

證據就是她先前有些沮喪的眼神轉眼間就找回了活力。

「我明白了。」

「真的假的！」

我真是個隨處可見的平凡人啊

第一章

我的名字叫如月雨露，通稱花灑。

因為只要從我的名字裡拿掉「月」字，就會變成「如雨露」，所以叫花灑。很單純吧？

（註：日文中的「如雨露」即為花灑）

外貌普通，成績普通，運動普通。

是個不管做什麼都半吊子的高中二年級男生。

我沒參加社團活動，但從去年十月起就在學生會擔任書記。

我並非報名候選，但由於我一年級時和當上副會長的人物有過一定的交流，這個人就推薦我當書記。

這個人的說法是「你很適合做單純的工作」。

總覺得我這個人就是容易被別人把麻煩的事情塞過來啊……

差不多就是這麼回事。

每天在學校上課，放學後參加學生會的活動。

假日沒有節目時就在家發呆度日。

至於今天是平日，所以現在在上學。

季節是春天，總算脫掉沉重的大衣，讓我覺得神清氣爽。

「早啊！花灑！」
「痛！早、早啊……葵花。」
「嘻嘻～花灑今天也是花灑呢！」
妳說這什麼理所當然的話……
帶著天真無邪的笑容在我背上拍了一記的她是日向葵，通稱葵花。
她的通稱也和我大同小異。葵花寫成漢字就是「向日葵」。
把她的全名重新排列，正好就會變成這樣。
葵花和我從小就認識，是跟我上同一間學校的同班同學。
她是女子網球校隊的王牌選手，運動神經非常出色。
成績大概是下中，沒有差到會不及格。
髮型是留到肩膀左右的妹妹頭，一對圓滾滾的大眼睛很有特色，就像小狗一樣惹人憐愛。
胸部是不那麼有料但也不至於一片平坦的B罩杯。
可是，她的身材實在有夠好的。
她有在運動，是個小蠻腰非常搶眼的美少女。
至於個性，就如大家所見，是個有點傻氣的精力充沛型角色。
她和陰沉的我不一樣，個性很開朗，所以不分年級或男女，大家都很喜歡她。
當然這所謂喜歡，不只是以朋友的角度，以看待女性的角度也不例外。

根據我聽到的傳聞，每個月至少都會有一個人向她表白。

之前我問她：「妳為什麼都不跟任何人交往？」她就臉頰飛紅地說：「不告訴花灑！」

是沒關係啦，我也沒那麼有興趣。

「嗯！天氣有～～夠好的耶！春天真的來了呢！花灑！」

「是啊，春天來了。」

「唔，花灑你要多打起一點精神啦！」

「一大早就要展現那麼興奮的情緒張力，對我大概有點困難吧。」

「好無聊喔！不過誰叫你是花灑呢！我原諒你！」

我和表情換個不停的葵花已經認識很久，但怎麼看都看不膩。

而且我也有點羨慕，因為我不像她會有細膩的情緒變化。

「那今天我們也一路跑到學校去吧！來，走吧走吧！」

「咦咦～～……又要跑喔？」

葵花緊緊抓住我的手，開始用力拉著我跑。

好痛。就說會痛了啦……妳看起來文弱，力氣卻很大，所以拜託動手前多想一想啊。

「那當然！因為和花灑一起跑步，就是我早上最期待的事嘛！Let's Dash！」

這種期待我可頂不住啊……

可是，像這樣跟葵花牽著手跑在早晨的通學路上，就是我的特權啊。

一想到這裡，早上全力狂奔也就神奇地不讓人難受了。

……至少頭一分鐘是這樣。

＊

「早安！各位同學！」

葵花一進到教室就用超大的嗓門跟大家打招呼。

「累、累死我了……」

相對的，我則完全沒有這樣的餘力。

我雙手放到膝蓋上喘著大氣。

一看時鐘，現在是八點十分。離早上的班會還有三十分鐘以上。

這麼一大早就跑來是要做什麼啦……

「……呼，總之，先休息一下吧……」

我踩著搖搖晃晃的腳步走到自己的座位上，先喘口氣再說。

我朝葵花瞥了一眼，她和已經來上學的同學們聊得十分開心。

算了，也好，我就悠哉地休息休息吧。

「花灑，早！」

「啊，早啊……小桑。」

聽到這個從背後拋來的活力充沛的說話聲，我以充滿疲勞的陰沉嗓音回話。

對我發出全力熱血微笑招呼的他叫作大賀太陽，通稱小桑。

他叫太陽，所以就是「Sun」。

他運動萬能，成績尷尬，理平頭很搭，是棒球校隊的王牌。

個性開朗又有精神，不管什麼時候都很拚命。

只是，他個性很不服輸，所以一牽扯到勝敗之分就會變得非常熱衷。

他那身高180公分，肌肉發達的身體，相信可以說是體現出了他的各種個性。

我和他的個性正好相反，卻神奇地很合得來，從國中時代以來，他就一直是我很重視的朋友。

「哎呀！你還是老樣子，一大早就累癱啦！」

「是啊。我明明就對跑步很不拿手，偏偏葵花……」

「別在意啦！就算你跑得慢，葵花也根本不會放在心上啦！」

嗯。雖然我指的倒不是這種問題啦。

「對了！花灑，如果你想練好體力，要不要跟我一起參加早上的重量訓練？」

小桑秀出手臂肌肉。他結實的肌肉看起來格外耀眼。

「啊！聽起來好好玩！我也要參加！」

「喔！是葵花啊！早啊！」

「小桑，早安！花灑也早安！」

不知不覺間，葵花跑來加入了我們的談話。

不過啊，又何必特地也對我道早安呢？我們剛剛不是才打過招呼？

「不過你們真的很要好啊！今天你們也是一起來上學的吧？」

小桑看看我們，笑著說出這句話。

「賓果賓果！我和花灑今天也是一起來的！」

葵花手按胸口，用厚臉皮的態度這麼說。

啊……她說得太大聲，結果大家都對我投以奇怪的注視了啦。

算了，沒關係啦。畢竟是「啊，又是老樣子啊？」這類覺得掃興的視線。

「我說，你們什麼時候要開始交往？」

小桑，你今天可真夠直來直往啊。

換作平時，明明只會起鬨幾句：「咻～～你們打得好火熱啊！」或是「不愧是兒時玩伴！」之類的。

話先說在前面，我和葵花可沒在交往。

街坊間似乎認為兒時玩伴就是會交往，但其實未必。

畢竟我把葵花當好朋友，相信葵花也是一樣。

「等、等一下！小桑，不要這樣啦！」

咦？怎麼了？葵花這丫頭整張臉都紅了啊。

嗯……換作平時，只要輕輕擋開就沒事了，今天她的反應可真是不一樣。

「哈哈！沒什麼好害羞的啦！葵花！妳要追花灑，根本是手、到、擒、來！」

小桑豎起大拇指，牙齒亮出反光，以爽朗的笑容這麼說。

而他這樣的回應似乎打開了開關，讓葵花的態度變得更奇怪了。

「啊嗚……呃……呃……」

葵花淚眼汪汪，像個剛被罵的小孩子。

她的視線游移，在我與小桑之間來來去去。

我和小桑看著這樣的葵花，同時歪頭納悶起來。

喔，真不愧是我好友，我們真合得來……等等，奇怪？葵花整個人轉過身去了？

「……！」

「啊！喂，葵……」

她就這麼跑開了啦！

小桑想叫住她，但她不停步。

葵花轉眼間就跑出教室，不知道跑哪兒去了。

……不妙，不妙啊。葵花，這個行動會引來很多種誤會啊。

與剛才完全不一樣的好奇視線這可不是全都集中到我們身上來了嗎？

這下……怎麼辦？

「呃……我……搞砸了？」

「嗯，大概啦……」

小桑以尷尬的表情看著我問，我畏畏縮縮地贊同。

但我實在搞不太清楚啊。葵花那丫頭到底是怎麼了？

明明只要像平常那樣輕輕帶過就好，卻搞得那樣滿臉通紅。

算了，相信一定是有什麼隱情吧。

別看葵花那樣，她其實不會做什麼沒有意義的事情。

附帶一提，小桑對後來垂頭喪氣走回來的葵花連連低頭道歉，而葵花也連連低頭回應。

你們是在模仿驅趕鳥類用的添水嗎？

*

「好啦，今天也要迸發我的熱血啊！操場啊，給我等著吧！」

「Let's go！社團活動！」

放學的瞬間，小桑與葵花轉眼間就從教室消失。

不愧是棒球校隊與網球校隊的兩名王牌選手，鬥志就是不一樣。

不，應該是個性本來就這樣吧？畢竟他們從進校隊當時就充滿鬥志了。

不管他們了。我也趕快前往學生會室吧，但這不是在學他們就是了。

我輕輕把書包拎到肩上，腳步微微雀躍起來，走向我的目的地。

因為我放學後也有期待的事情啊。好啦！今天我也要好好做好書記的工作！

＊

我一抵達目的地學生會室前面，就敲了敲門。

「請進。」

先敲門，聽到裡面的人說「請進」之後再開門是這裡的規矩。

我在從門後傳來的溫和嗓音呼喚之下走進去一看，就看到了一名美麗的女性露出笑容歡迎我。

「嗨，花灑，今天你也這麼早就來啦？」

「只是班會比較早結束而已啦。」

哎呀！今天她也好美！

可以說每天能和她見面說話才是參加學生會活動的精華！

雖然我根本還沒開始活動就是了。

「就算是這樣，每次都第一個來到學生會的你對我來說是非常寶貴的。」

以溫和語氣對我說話的她是秋野櫻學姊，通稱Cosmos。

看名字也知道，會有這樣的外號是因為Cosmos寫成漢字就是「秋櫻」。

她比我高一個年級，現在是高中三年級生。

坦白說，她是個美女，留到腰間的長髮實在太迷人了。

而且這個人光容貌就已經是超高規格，卻還當學生會長。

都在當學生會長了，學業成績當然也很好。說穿了她根本是全學年第一名。

再回答「那運動呢？」這個問題，那更是驚人。她運動萬能啊，萬能。

而且身材也有夠好的。胸部也和某葵花不一樣，相當雄偉。

根據我從某管道得來的消息，似乎是D罩杯。

個性也非常好。雖然她的犀利眼神給人一種酷酷的冷漠印象，但其實人很體貼，整間學校的人都很喜歡她。

是本校頂尖美少女，在人氣方面和葵花各擁半邊天。

若說葵花是可愛型，Cosmos會長就是美艷型。

大家對她都有種高不可攀的印象。

正因如此，大家都被崇拜沖昏了頭，但根據我從某管道得到的消息，似乎沒多少人跟她表白。

話雖如此，相信比起常人也是夠多了……

但她似乎沒有男朋友。

根據我從某管道得到的消息，是說她「有喜歡的對象」啦……

是混哪裡的臭小子啦？好羨慕啊。就期待某管道會有新消息吧。

「不過，其他人都還沒來嗎？」

「就是啊。我看是班會還沒開完吧？」

「嗯～～……很難說吧，像山田就跟我同班。」

山田是擔任會計。

這也不怎麼重要，所以簡單介紹過就好了。

山田同學，路人角色。完畢。

「不過有什麼關係呢？我們就慢慢等吧。」

「哈哈哈。花灑這種慢條斯理的作風，我很喜歡喔。」

「謝謝……誇獎。」

被 Cosmos 會長說「喜歡」，讓我不由得一顆心怦怦跳。

真是的，實在是希望她說話遣詞用字能對自己的容貌多一點自覺。

被像妳這樣的人……等等，現在我們可不是在獨處嗎？

一想到這裡，我就有點……不，是相當心動。

「啊，對了，花灑，可以拜託你幫個忙嗎？」

「好的！是什麼事事呢！」

「嗯？」

糟糕！我太緊張，講話都結巴了。這可真夠難為情的……

「那、那麼，請問會長是要拜託我什麼事？」

「嗯、嗯，對喔。」

我好不容易把話題拉回來，掩飾自己的動搖。

應該沒問題吧？她沒覺得我很奇怪吧？

「我想請你幫我跑一趟圖書室，去拿一本書。你也知道，五月不就要舉辦我們學校歷史悠久的校慶百花祭了？所以我想先參考過去的資料。如果現在就去拿，回來後時間也還很充裕，可以拜託你嗎？」

「好、好的！遵命！」

「好的，被遵命了。」

她在平靜笑容中發出的溫暖音色，讓我的心揪了一下！

就說不能這樣了啦！不要再打亂我的心了！

這大概就是所謂心臟被射穿的感覺吧。我有夠能體會的。

我小心翼翼地接下 Cosmos 會長輕輕交給我的便條紙，急忙打開門，然後就猛力衝向圖書室了。

啊，我當然不是用跑的。畢竟走廊上不可以奔跑嘛。這是所謂的競走。

我用力揮動雙手，大步走向圖書室。

*

「呼……」

我先喘了一口氣。剛才還奏出那種洶湧脈動的心臟也在走到圖書室的途中平靜下來，現在已經穩定得多。

只是話說，圖書室啊……

如果可以，我實在不太想來這裡啊。

這可不是因為我們學校的圖書室有什麼特別。

如果一定要舉出例子，莫名有可以飲食的空間，我想的確算是特別，但除此之外真的全都很平凡。問題在於待在裡面的傢伙。

我吞了吞口水，輕輕打開圖書室的門。

從打開的門悄悄探頭進去，戰戰兢兢地往櫃臺方向查看。

拜託不要在！

「哎呀，花灑？」

看，她在！這娘兒們果然待在櫃臺！所以我才不想來圖書室啊！

這個轉眼間就把我的嫌惡感加滿的女人是三色院菫子，通稱 Pansy。

把她的姓名省略兩個字，就會變成「三色菫」，也就是 Pansy 了。

從先前的脈絡看下來，也許會令人覺得這女的也和葵花或 Cosmos 會長一樣是個很有魅力的女生，但我話先說在前面。

這女的沒有任何一點魅力可言。

至於我為什麼這麼說，如果各位晚點聽了我的解釋能夠了解，那就太令人欣慰了。

她和我同學年，是別班的學生。

明明有著三色院菫子這種很有格調的名字，卻是在平凡的正常家庭長大，也只能說是詐騙了。

而且她還戴眼鏡，綁辮子耶。

她的外表就是會令人忍不住想吐槽：這年頭做這樣的打扮不會太離譜嗎？

這名字該怎麼說，不捲起來怎麼可以？叫這種名字，就該有一頭那種捲得像螺絲一樣的捲髮啊。

臉也很普通，胸部也很扁，不，根本就是一片平坦。

至於成績方面，氣人的是她配得上這種外表，總是名列前茅。
尤其是現代國語和古文，還有漢文，好得不得了。
從她入學以來，從不曾有人在國語類的科目上贏過她。
也就是說，在這方面她總是全學年第一名。不愧是辮子眼鏡女。
然後是個性，坦白說爛透了。
她一派平淡，看不出她在想什麼，而且最重要的是她講話超毒。
而且她的毒舌莫名只鎖定我一個人，這點最讓我無法接受。
其他人可都不會被她這樣說耶。
這女的每次見到我，都會把我說得很難聽，對我大肆騷擾。
就是因為她個性這樣，才會在學校都沒什麼像樣的朋友，實在是希望大家能好好理解這一點。
……好了，都說到這個地步，不知道是不是已經表達得很充分了？
也就是說，我有夠討厭這女的。
「嗨、嗨。」
但我還是勉強擠出笑容，對坐在櫃臺的 Pansy 打招呼。
哪怕是面對討厭的對象，也沒有必要製造開戰的火種。我是和平主義者。
「請問有什麼死？」

嗯？奇怪啊。

明明只是問問題，我卻覺得她的口氣裡充滿了不得了的惡意。

不，不可以在意這種事。

一旦對 Pansy 稍有不敬，轉眼之間就會受到猛攻而掛掉。

以前她也是會挑出我隨口說的一兩句話，徹底追究到底，還從各式各樣的小說裡引用台詞，一點都不客氣地切入我最在意的事情。

沒有存在感、腿短、看來很薄命等等，過去她對我說過的毒辣言語已經不計其數。

而且她還是開心地看著我醜態畢露的模樣，所以更是惡劣。

我等一下還要參加學生會活動，現在不是無謂消耗體力的時候。

但不理她也說不過去，畢竟她是圖書室的主人。

這間學校會選出多名圖書委員，把放學後的圖書室交給他們管理，但從 Pansy 入學後，幾乎都是她一個人在管。

Pansy 人如其貌，很喜歡書。而要是自己買書，錢就會跟不上看書的速度，所以她也就當起圖書室的主人掌管這裡。

只因為少許的好奇心而問起這件事，結果問出事情原委的過程中，我的精神受到了莫大的災害，是一段美好的回憶。

就在那一刻，我真切地體認到好奇心會害人身敗名裂。

……不過也是啦，差不多該把回憶蓋上了，要蓋得很嚴密，再也不打開。

「我來找點資料。我想找到去年為止的百花祭資料，妳知道放在哪裡嗎？」

「這樣啊。死靈是吧。正好我眼前就有呢。」（註：「資料」與「死靈」日文音同）

看，馬上就出招了！大家聽見了嗎？不覺得很過分嗎？

要知道我什麼都沒做耶。我就只是來到圖書室問個問題，卻換來這種對應。

我話先說在前面，過去我也從來不曾對 Pansy 有過任何冒犯。

大概是從去年的第二學期那陣子開始，先前我明明從來不曾和她扯上關係，她卻突然來找我，然後就一直這樣對我。

我、我要冷靜……雖然太陽穴頻頻跳動，但我要冷靜。

光是為了不要再被她冷嘲熱諷，我也要盡可能以一如往常的態度……

「今天你也一如往常，頂著一張像是風乾橘皮的臉啊。」

連一如往常的態度也出局了……

等等，再這樣聊下去，我永遠也拿不到資料。

就別管 Pansy，自己找吧。

何況再跟她講下去，我的胃會爆炸。

「那、那我去找資料，再見！」

我對 Pansy 露出沒有敵意的笑容，逃命似的離開現場，開始找起資料。

不過，也真的是在逃命啦。

呃……嗯……會放在哪裡呢？

我仔細找過書架，但就是找不到。是有人拿走了嗎？

「我說啊，花灑？」

「喔嘎啊啊啊啊啊！」

她什麼時候來到我背後的？

是怎樣？她是背後靈嗎？是想附身在我身上咒殺我嗎？

「就算你想二十四小時跟我在一起，也不要把我當鬼。真會給人添麻煩。」

嗯，可以請妳不要那麼自然地對我的心聲做出回應嗎？

唉……為什麼得被 Pansy 這樣對待的人好死不死偏偏是我？

我問其他人，他們都說沒有被她怎麼樣……太奇怪了啦。

……不行，現在不是在內心發牢騷的時候了。

我得趕快回答，不然事情會更糟！

「什、什麼事？」

我脖子往後彎，勉強擠出笑容。我真努力啊。

「你找的資料，不在這裡。」

「咦？為什麼？」

「很可能是藏在我的書包裡。」

「啥？」

Pansy 發出嘻的一聲嘲笑聲。我張大嘴合不攏。

呃……妳剛剛……說什麼？

「你呆呆找著錯得離譜的地方時，我就以我的名義借走了某本書，然後順手塞進書包裡。所以，應該是不會放在這裡吧？」

這娘兒們，幹嘛硬要這樣找我麻煩！

「呃，三色院同學……」

「叫我堇子就好。」

「那，堇子同學。」

「真不知道是為什麼，我腦子裡浮現出絕命詩。我去保健室休息一下。」

是妳自己叫來的吧！明明就不是我害的吧！

「等、等一下！堇……三色院同學。」

我趕緊叫住正要一步步走遠的 Pansy。

「什麼事呢，花灑？」

Pansy 轉過身來，露出有些開心的表情。

我只有一種非常不祥的預感。

「請、請問，這本書，今天可以借給我嗎？」

「可以啊。」

喔，沒想到她很乾脆地許可了。果然還是該問問看。搞什麼，原來是我誤會……

「只要你先轉三圈叫一聲汪，然後大喊：『戰鬥○蛋！把球射向對方的球門！超Exciting！』我就借給你。」

我收回前言。難度一下子跳升了。為什麼她會知道那麼古老的電視廣告內容？（註：1994年由玩具廠商Tsukuda original推出的彈珠遊戲《戰鬥巨蛋》廣告台詞）

「你怎麼說？我都無所謂就是了。」

我朝時鐘瞥了一眼，已經過了好一陣子。

眼前的Pansy面無表情，以人偶般的眼神看著我。

雖然我也不敢確定，但除非我照她剛剛說的話做，不然她多半不肯借我資料吧。

「……」

我默默地轉了一圈……

「汪！」

然後……

「戰鬥○蛋！把球射向對方的球門！超Exciting！」

「好的，你做得很好。」

不枉我竭盡全力地呼喊，Pansy 從書包裡拿出裝在袋子裡的資料，輕輕朝我遞過來。

「嗯、嗯……謝謝妳。」

「不客氣。今天我非常滿足了。」

Pansy 說完這句話，就腳步略顯雀躍地走回櫃臺去。

如果可以，我真想一怒之下狠狠報復她，但我不這麼做。

畢竟我根本不覺得我贏得了 Pansy，而且所謂策略性的撤退也是很重要的。

好了，快逃吧。

＊

Pansy 害我參加學生會幾乎肯定會遲到。她真的是爛透了。

學生會裡除了 Cosmos 會長以外，大家都會趕在開始前最後幾分鐘出現，但對遲到者則很嚴格。

相信等我回去，一定會被罵吧。唉……

「花灑！」

「咦？Cosmos 會長？」

我正垂頭喪氣地走在走廊上，Cosmos 就從正前方走來。

而且她的表情還難得地慌張，步調似乎快了些。
該不會是我太晚回來，她在擔心我？若是如此，我還真有點開心。
「對不起！」
「咦？」
但出乎意料的是，Cosmos 會長的第一句話是對我道歉。
Cosmos 會長是學姊，卻對我這個學弟這樣深深一鞠躬，到底是怎麼啦？
「這個……我拜託你去借的資料，原來山田就趁午休時間先去圖書室借來了。我雖然想告訴你這件事，卻不知道怎麼聯絡你……所以，我就來等你……可是……對不起！」
「呃、呃……沒關係啦，請不要放在心上。」
「是、是嗎……太好了。」
我回答之餘，腦子裡卻一團亂。
因為我明明就從 Pansy 手中收下了資料啊。那這個東西……是什麼？
「還有，請你不用擔心遲到！我已經先跟大家說明了情形，所以不要緊的！」
「謝、謝謝……會長。」
我當時已經虛脫，所以看也不看就從 Pansy 手中接過了資料。
我戰戰兢兢地把東西從袋子裡拿出來，仔細一看。
《法布爾昆蟲記》。

Pansy～～～！

我、我要冷靜！Pansy不在這裡。

不要動報仇的念頭。報仇只會為我帶來更多的不幸。

我應該已經充分理解到策略性撤退的重要性了。

「啊，在這種地方聊太久會給大家添麻煩的。那花灑，我們回學生會室去吧。」

「好的，我明白了。」

嗯。也是啦……畢竟我得以就近看到Cosmos會長漂亮的笑容，就忍下來吧。

我為這件事費了九牛二虎之力，得到這麼點獎賞也不過分吧？

*

後來，學生會就在我和Cosmos會長回到學生會室的同時開始。

今天的議題是「關於社團活動的預算」。

每年分配給各社團的預算都是在學生會決定。

對去年得到優秀成績的社團多分配一些，另外也會從平常的活動狀況來分配。本來這多半應該由大家互相提出意見討論，實際上卻是看Cosmos會長一個人表演。

她一手拿著很小女生的淡粉紅色筆記……通稱「Cosmos筆記本」，俐落地將去年各社團活動的功績與問題寫在白板上。
有傳聞說，Cosmos 筆記上記載了我們學校所有的情報，就連考試的題目都在 Cosmos 會長掌握之中。
只是，這終究只是傳聞。
「所以呢，我打算今天就以兩人一組的方式去視察社團活動。」
「「「「好的！」」」」
Cosmos 會長一提議，眾人都表示贊成，並把分組名單記到白板上。
嗯？奇怪？跟我一起去的……是 Cosmos 會長！
「花灑你就和我一起去巡以運動類為主的社團吧。我記得你和大賀還有日向同學都很要好吧？」
「是、是的！」
「畢竟他們是本校自豪的超級王牌選手啊，有和他們交好的你在，可幫了我大忙。」
小桑，葵花，你們幹得好！
我真的很慶幸跟你們要好！
「那我們走吧。畢竟要是不提早去，社團時間都要結束了……啊，在這之前……」
本以為就要這麼一鼓作氣出發，Cosmos 會長卻從自己的書包裡拿出智慧型手機。
「今天這件事，讓我痛切體認到不知道你的聯絡方式有多麼不方便。怎麼樣？如果你不

介意，要不要跟我交換聯絡方式？」

「咦？真的嗎！」

「有那麼值得驚訝嗎？這個……如果你會排斥，不換也沒關係啦。」

Cosmos 會長一瞬間露出不安的表情。我趕緊開口：

「才不會！一點都不會！」

「太好了。那我就不囉唆了，可以把你的聯絡方式告訴我嗎？」

「好的！」

竟然可以拿到 Cosmos 會長的聯絡方式！

好開心！有夠開心的！

Pansy 啊，到剛才我還覺得跟妳有不共戴天之仇，但我就原諒妳。

雖然妳是披著魔鬼皮的魔王，但只有現在這一瞬間，我就把妳升格成愛神丘比特。

後來我迅速拿出自己的智慧型手機，和 Cosmos 會長交換了聯絡方式。

我會記住，這一天是足以名留花灑史的美妙日子。

＊

「我們先去視察網球校隊，然後再去巡足球隊跟棒球隊吧。」

我們一走出頗有年代的校舍，Cosmos 會長就以雀躍的聲音這麼說。

「從這裡過去是網球場離得最遠，沒關係嗎？」

我本來還以為會先從在離這裡最近的操場上練習的棒球校隊看起，但似乎是我誤會了。

畢竟我們學校還挺大的，我本來是想說從近的地方看起會比較輕鬆啦。

「網球隊的練習時間比棒球隊跟足球隊要短，我是考慮到這點。」

「原來如此，我明白了。」

不愧是 Cosmos 會長，連練習時間都考慮進去了，真的好厲害。

「那我們走吧。花灑，今天可要多仰賴你了。」

「好的！我才要請會長多多指教！」

真是的，妳對我送出這麼漂亮的秋波，可不是轉眼間就把我的幹勁給加滿了嗎！

好，今天的視察，我可要好好努力！

＊

我和 Cosmos 會長一來到網球場，立刻看到網球校隊正在練習。

那當然了。我在講什麼理所當然的廢話啊？

附帶一提，我們學校有兩座網球場。

一座用來進行隊員之間的練習比賽，另一座則有其他隊員自行練習。
現在我和 Cosmos 會長巡視的是隊員們自行練習的那一座。
新生與高年級生摻雜在一起，每個人都拚命地練習揮拍。
真不愧成績優秀，練習時也很認真。
順便往旁一看，Cosmos 會長正在 Cosmos 筆記本上寫字。
我湊過去瞥了一眼，發現上面寫了網球隊的練習內容。
Cosmos 會長真的很正經，很了不起。好令人佩服啊。
「那麼，接下來我們就去另一座球場看看吧。」
「好的。」
Cosmos 會長啪的一聲合上筆記本，我們為避免妨礙到隊員練習，從網球場的邊緣走過，走向另一座網球場。
「喝！嘿呀！」
「啊，是葵花。」
葵花身穿網球裝，在很有氣勢的呼喝聲中把球打回去。
喔喔，不愧是網球隊的王牌。
她的健美大腿不負王牌選手的盛名……不對。
不行不行，她的打扮和平常不一樣，讓我忍不住心動起來。

她一舉手一投足都不負王牌選手的盛名。好，修正完畢。

「呀～～！……好啊！」

嗯，這才叫青春啊。

葵花打出的一球強而有力，練習對手反應不及，讓她拿到分數，擺出了握拳的姿勢。雖然平常她老是在胡鬧，但這時就很能了解她對網球是真的很認真。

「咦？這不是花灑嗎！」

這時葵花似乎注意到了我們，暫停比賽，以輕快的腳步走過來。

「怎麼啦？學生會的工作？」

「嗯，來視察一下。」

「這樣啊。啊！Cosmos會長，妳好！」

「嗨，妳好，葵花同學。」

「今天是來視察網球隊啊。」

「是啊，就是這樣。之後我打算跟他兩個人一起去看足球隊和棒球隊。」

「……咦？」

這一瞬間葵花的太陽穴抽動了一下。她是怎麼了啊？

「……是喔～～？跟花灑兩個人，去視察……足球隊跟棒球隊啊？」

呃！雖然不知道怎麼回事，但葵花這丫頭不高興啦。

葵花這種格外低沉的聲調是她即將做出棘手事情的前兆。

也許不妙了啊……

「也就是說，今天你們兩位是在約會？」

「這！」

葵花這丫頭沒頭沒腦地在說什麼鬼話啊！

我是無所謂，但 Cosmos 會長會不會露出厭惡的表情？

「哈哈哈，差不多就是這樣。我借用了妳的兒時玩伴。」

好厲害，實實在在是銅牆鐵壁的笑容。Cosmos 笑咪咪的表情毫無破綻。

她根本若無其事啊。

「唔～～！」

葵花似乎對 Cosmos 會長的這種反應覺得沒趣，鼓起臉頰回到網球場上，繼續剛才的練習比賽。

「……她該不會……討厭我？」

「咦？我想應該是不會啦。」

「不會的話就好……不，可是……」

Cosmos 會長似乎有點在意，但我覺得她想太多了。

葵花沒有理由討厭 Cosmos 會長，而且該怎麼說，她那表情不像是討厭，而是像生氣。而

「是……啊。花灑真的很靠得住。你也努力練習吧。」

「好的！」

說完小桑就跑回操場上練習去了。

倒是 Cosmos 會長，剛剛說話時是不是有點不自然的停頓？

是我的錯覺嗎？

「Cosmos 會長，請問妳怎麼了嗎？」

「沒有，我沒事。」

「啊，是嗎……」

嗯～果然是我的錯覺嗎？畢竟聊一下又覺得 Cosmos 會長很正常。

雖然覺得她臉也有點染紅，而且又像是要掩飾什麼似的在寫筆記……但我實在想不到會有什麼事啊。應該就是我的錯覺吧。

就在我為自己的想法做出這個結論時——

一個輕擊球輕飄飄地朝這邊飛了過來。

而追著球跑來的球員也跑向我們。

我情急之下朝 Cosmos 會長看了一眼，但她專心致志地寫著筆記，並未注意到情形。

這樣下去……會撞到！

「危險！」

「呀！」

我不及細想，抱住 Cosmos 會長的身體護著她，防止她和球員撞個正著。

剛剛那叫聲實在可愛得不像是出自 Cosmos 會長啊。

「對、對不起！請問兩位還好嗎？」

我聽見順利接到球的球員擔心地問了。

所幸似乎是避免了劇烈碰撞。

「痛痛痛……Cosmos 會長，妳還好……嗎！」

看到現狀，讓我當場定格。

那當然了。因為我……整個人壓在 Cosmos 會長身上。

朝 Cosmos 會長一看，發現平常總是冷靜沉著的她可不是滿臉通紅了嗎？

「對、對不起！」

「哪、哪裡！沒關係的！我才應該謝謝你。剛才好險呢。」

我趕緊從 Cosmos 會長身上讓開……但我這下真的太亂來了！

「不好意思！花灑，你還好嗎？」

小桑似乎也擔心我，從操場上急急忙忙跑過來。

「嗯，我沒事。」

「喔喔，太好了……等等，你的……！」

「你隱瞞了什麼！告訴我告訴我！」
還一把抓住我的雙肩，猛力前後搖動。
行為和台詞是很惹人憐愛，但被她用參加網球校隊練出的臂力猛搖，我可受不了。
別搖了……！會搖出來……！會搖出很多東西！
「我說！我說就是了，別搖了！」
我這麼一說，葵花不再搖我，湊過來盯著我的臉看。
「真的～？」
「真的。」
「這樣啊。那就告訴我！」
葵花滿臉笑容，把自己的手勾到我手上。
她就這麼用天真無邪的眼睛看著我，讓我忍不住想摸摸她的頭，但她做的事情完全是恐嚇。
「這個星期六，我要和 Cosmos 會長出門。」
一說出這件事的瞬間，葵花的表情當場結冰。
然後還表演了格外不解的表情。
……不妙，我總覺得非常不妙。
「為、為什麼……？」

她說話的聲調彷彿陷入了一種自身無法理解的事態當中。

她似乎還有某種不安，比剛才更用力抱住我的手臂。

她有在運動，我還以為會硬梆梆的，但籠罩住我手臂的觸感卻超乎想像的柔軟，讓我忍不住心臟怦怦直跳。

「沒、沒有啦，是我的手機，在今天視察的時候弄壞了。然後我要去買，Cosmos 會長就說她要陪我一起去買。真的就只是這樣！」

我為什麼口氣會變得像是在辯解呢？

這樣豈不是弄得像是偷腥被逮到的老公？

我戰戰兢兢地朝葵花一看，發現她低著頭一動也不動。

不妙啊。錯不了，她這是在生氣。雖然不知道為什麼，但她就是在生氣。

而且還是那種我明明沒有錯，卻要被她罵的情形。

這種時候的葵花棘手到了極點。

她會大聲嚷嚷她那套亂七八糟的理論來壓人，最後還會試圖用暴力逼人就範。

可是這次不管她對我下手多狠，我都不會讓步！

我要跟 Cosmos 會長出門！

「……星期天。」

葵花臉仍然朝向地面，零星地說出這句話。

「啥？」

「星期天！」

這次她猛一抬頭這麼喊。

她一張臉用力湊過來，呼氣十分粗重，直往我臉上噴。

好近！太近了啦，葵花同學！

「只有 Cosmos 會長跟花灑出門，太賊了啦！我也想跟花灑出門啊！所以，星期天要由我跟花灑出門！這件事就這樣扯平！」

呃……這個女生在說什麼鬼話？

為什麼我就非得和妳在星期天出門不可？

我本來打算星期六要買新的智慧型手機，之後再和 Cosmos 會長到時髦的店裡用午餐，這些美妙而所費不貲的計畫執行完之後，我在金錢上可沒有餘力再跟妳出門啊。

「呃，可是……」

「沒有什麼可是！這已經敲定了！」

出現了！葵花理論！

我明明說沒辦法，她卻二話不說就駁回，堅持要任性到底！

不行。我早就知道會這樣，現在再說什麼都沒用了。

唉……這個月的零用錢光是跟 Cosmos 會長共進午餐就會用完，只能動用剩下的壓歲錢了

啊。本來我是想多存點錢，留到將來才用的耶。

「總之這件事已經敲定了！知道嗎？」

「……是。」

所以呢，我星期六要跟 Cosmos 會長出門，星期天則要跟葵花出門。

這個月已經確定得過省吃儉用的生活了。

啊，我的智慧型手機都壞了，所以想這個也沒有意義啊。

好，就東張西望吧。擺出一副「我才剛到，不知道會長來了沒？」的樣子東張西望吧。

*

我做著這種看在周遭人們眼裡顯得形跡可疑的行動，三十分鐘很快就過去了。

「嗨，你來得真早。」

喔吼吼～～！

不用回頭，光聽這聲音也知道是誰來了！我就是會知道！

竟然足足提早了三十分鐘來，真是太優了！

這表示她就是這麼期待跟我一起出門嗎？

「哪、哪裡！我也才剛到到！」

我吃螺絲了！硬是吃螺絲了！

「呵呵呵，你這樣說話真有意思。」

伸手掩嘴嘻嘻笑的 Cosmos 會長真的只能說太厲害了。

她為什麼就是能這麼精準地對到我的喜好呢？

冷靜，我要冷靜。要冷靜看著 Cosmos 會長。

啊……她這身可愛的服裝是怎麼回事啦！

與Cosmos花瓣顏色有點像的淡粉紅色連身裙上，輕飄飄地披著一件白色開襟毛衣。

若隱若現的大腿更是……嗯哼。

少女風的服裝穿在散發成熟感覺的Cosmos會長身上，有種絕妙的搭調感，讓我看得招架不住！

好美！太美了！這麼美麗的生命可以存在嗎？可以！

她雙手提著的籃子，更醞釀出一種惹人憐愛的感覺……！

「這個……我有哪裡奇怪嗎？」

她、她在害羞！Cosmos會長在害羞！

等等，不對不對！我忍不住看得出神，但不可以這樣。不要忘了目的。

因為今天的目的是和Cosmos會長變得親密……不對！是買智慧型手機。

「不會的！這、這個，我們走吧！」

「嗯，就這麼辦。」

啊～～視線好多。周遭的人們全都在看Cosmos會長。

還聽得見大家說這個女生超漂亮的。這我懂。你們這種心情我非常能夠體會啊。

我如果飾演周圍的路人，也會變成這樣啊。

雖然我今天是演主角啦。Cosmos會長是女主角，而我是主角。

太棒啦！

我完全沖昏了頭，和 Cosmos 會長一起前往通訊行。

*

「花灑，這邊的比較好喔。不管從功能還是價錢來看，都划算多了。」

「是這樣嗎？」

Cosmos 會長把筆記拿在右手上攤開，對我這麼說。

「是啊，昨晚我查了一下。我想，應該錯不了。」

「咦！會長還特地幫我查喔？」

「那當然了。畢竟是我給你添了麻煩，總不能什麼都不做啊。」

這個人是怎樣？是女神？她是女神嗎？

「如果花灑有什麼堅持，我當然想盡量尊重。有嗎？」

Cosmos 會長輕巧地來到我身旁問我。

不知道她用的是多麼高級的洗髮精，聞起來好香。

「哪、哪裡！沒有什麼……這個，會長……麻煩離遠一點……」

「啊，對不起。我一對什麼事情熱衷起來，就會疏忽別的事。以後我會小心。」

Cosmos會長帶著微微靦腆的笑容，和我拉開了距離。
真的，不管說話還是舉止，全都太美妙了！
到頭來，我還是乖乖買了Cosmos會長最推薦的智慧型手機。
附帶一提，Cosmos會長還說：「那讓我再把我的聯絡方式給你一次。」然後再度把電話號碼跟簡訊位址告訴了我。
足以再度名留花灑史的新歷史——「第一個登錄在我手機中的是妳」就此誕生。
歡迎！我的新手機！一回到家，我馬上轉移資料！
「還有花灑，這是我要給你的。」
「咦？」
「如果不介意，請你拿去用。」
Cosmos會長說著朝我遞出的是智慧型手機用的保護殼。
看來是她悄悄趁我在和櫃臺人員說話的時候買下來的。
「可以嗎？」
「當然可以了。」
平靜的笑容與溫暖的嗓音。就說這樣太犯規了啦！
我認真地煩惱該不該用這個保護殼。
該不該把這神尊供奉在我房間裡呢？可是不用又對不起她，所以我立刻裝了上去。

而接下來才是重頭戲。我為了今天，千辛萬苦才找到的好吃又時髦的咖啡館！

我現在要和 Cosmos 會長去！

「花灑，說到午餐……」

「是！我都想好了！稍微走一小段路的地方就有一間很時髦的咖啡館！」

「是喔？這、這樣啊……」

奇怪？Cosmos 會長露出為難的表情了耶。

我說錯什麼話了嗎？

「沒有啦，其實……」

Cosmos 會長以有點低調的動作輕輕舉起她提著的籃子。

「我是想過這樣好像有點做過頭，其實我做了午餐來……」

「咦咦！是真的嗎？」

親手做的菜？我吃得到？我吃得到 Cosmos 會長親手做的菜？

我竟然有幸享用這麼美妙又煽情的東西！

對不起，坦白說我從看到籃子的時候就超級期待了。

而我的期待似乎上達了天聽，心願就此實現。

「所以如果不介意，要不要就在附近的公園吃午飯？如果你不喜歡也沒關係啦……」

「我一點都不會不喜歡！反而非常 Welcome！」

「聽你這麼說我就放心了。謝謝你，花灑。」

「哪、哪裡哪裡！該道謝的反而是我啊！」

「是嗎？那就當作是彼此彼此吧。」

「好的！」

我全力點頭回應女神的微笑。

既然這麼說定了，就去公園吧。我們去公園！Here we go！

＊

「就選這裡吧？」

我們來到公園找好了合適的地方後，Cosmos 會長就拿出她事先準備好的一條可愛的粉紅色野餐墊鋪好。

Cosmos 會長彎起雙腳斜放著坐好，我也趕緊在她正前方坐下。

哇……感覺我們真的像是情侶一樣。

啊～周遭一群大人們帶來的小孩在大聲吵鬧，我卻全不放在心上。換作是平常，我絕對會覺得他們吵死人了。

這就是 Cosmos 會長的力量嗎？

「那麼，這個給你。」

Cosmos 會長輕輕把擦手巾交給我的美麗動作，實在令我抵擋不住！

如果是男生，都會一隻手遞過來，但她卻雙手輕柔地捧過來。

真的是喔，妳這個犯規女王到底要犯規到什麼地步才甘心啊！

「那我們來吃吧？」

Cosmos 會長做的是三明治。

各式各樣的三明治整整齊齊地排列在籃子裡，每一個都顯得閃閃發光。我很想喊：滋味當然棒透了！但其實我高興得沖昏頭，記不太清楚了。

啊啊，好幸福……

我這麼幸福真的可以嗎？總覺得之後會來個從天堂掉到地獄，讓我有點害怕。

「謝謝招待！好好吃！」

「聽你這麼說真令人開心。謝謝你。」

Cosmos 會長笑咪咪地回答。就說不可以啦！不可以露出這種表情啦！

我的心動計量表已經滿了，會破表啦！

「那、那麼，收拾的工作就由我來！」

我為了壓抑隨時都會失控的自己，等我們都從墊子上起身時，我就開始把墊子捲起來。

「來，這樣可以嗎？」

「來，這樣可以。」

Cosmos會長面帶平靜的笑容，從我手上收下野餐墊，讓我失控的危機再度來臨。

不可以這樣啊我。要忍耐，忍耐……而且，接下來要做什麼？

我是姑且有先想過計畫才來，但買新手機這個一開始的目的已經達成了，也可能就這麼結束。

而且Cosmos會長的歉意，我也已經接受得太足夠了。

即使就在這時結束，我也心滿意足了。

因為我真的好開心！做人不可以太貪心耶。

「我、我說啊！花灑。」

「什麼？」

我正陶醉在幸福中，Cosmos會長就叫了我一聲。

我覺得她說話的聲調比平常多了一點點緊張。

雖然覺得是我會錯意，但看到Cosmos會長臉微微染紅，所以應該不是我想太多吧。

「這、這個……也沒有啦，該怎麼說呢……」

「怎麼了？」

Cosmos會長輕輕按住裙襬，在附近的一張長椅坐下。

「其、其實我今天會一起來，是因為我也有話要跟你說！」

「有話要跟我說？」

「是、是啊！雖然也許會讓你覺得困擾或排斥……」

呃？說了會讓我困擾、排斥？會是什麼事呢？

看她忸怩成這樣，真不知道是怎麼了。

「啊，呃……你可不可以……先在我旁邊坐下來？」

「好、好的，我明白了。」

我聽 Cosmos 會長的吩咐，走到坐在長椅上的她右邊坐下。

但即使我照辦，Cosmos 會長卻不繼續說下去。

我隱約覺得有某種事情要開始了。相信這不是我想太多。

畢竟平常那麼冷靜的冰山美人 Cosmos 會長竟然視線亂飄，還把自己的頭髮捲著玩。

好可愛啊。等等，不行！她應該是有話要跟我說吧。

我非好好聽不可。要看呆也是聽完以後的事。

「這個……！唔……！」

她好幾次想開口，然後又沉默。

雖然覺得她趕快說一說不就好了，但我什麼都不說。

因為 Cosmos 會長會這樣，想必是非常難以啟口的事情。

我身為一個男人，就是該靜靜等她開口。

「其、其實呢……這個……我……有喜歡的對象……」
聽到這句話的瞬間，我的心臟奏出像要蹦出來的脈動。
「是、是。」
「一想到他，我就覺得胸悶，光是每天能夠見到他就讓我真的好幸福。所以，雖然我覺得這樣很自私，但仍然硬是製造藉口見他……」
為什麼找我說這種話？
心跳聲一路撼動到大腦，感覺就像整個身體都在怦怦跳。
「我、我……」
Cosmos 會長說著臉湊了過來。慢慢地，但又確實地接近。
這實實在在是少女墜入情網的表情。簡直像一幅畫一樣美麗，讓人看得出神。
而當我們接近到彼此呼出來的氣息都會噴在對方臉上時，Cosmos 會長用力閉起眼睛。
這該不會……這該不會是……！
「我喜歡你的好朋友大賀太陽！」
…………What？
「我喜歡上他的契機，是去年棒球校隊打進的地區大賽決賽！」

咦？喔？去、去年的地區大賽？

「當時比賽以些微之差落敗，隊員們都很懊惱，大賀卻滿臉笑容一直鼓勵他們。比賽直到最後關頭才被逆轉，想也知道最懊惱的就是擔任投手的他，他卻犧牲自己，一直笑著，鼓舞隊友們說：『大家，不要放在心上！都怪我不好！』他那種模樣到現在仍然牢牢烙印在我的眼睛和心裡。」

Cosmos會長彷彿在回想當時的光景，仰望著天空說話。

「可是，只有我知道！因為後來我有點在意，就從球場的東入口前往球員更衣室。結果，大賀正巧從更衣室出來，把自己的頭用力往牆上撞去，一直在哭！」

是啊，小桑就是這樣的傢伙。他其實非常要強好勝。

「當時我的心臟不知道跳得有多快！我好想抱住他，告訴他說不是你的錯，你已經盡力奮鬥了。然後我就發現了，發現我……喜歡上他了。」

啊，是這樣啊？

「只是，我和他連年級都不同，也幾乎沒有交集！所以我才用學生會的名目偶爾去見他……這個……還是沒能讓關係進展……」

Cosmos會長滿臉通紅地翻開筆記本，一發不可收拾地說了起來。

說起小桑令她喜歡的地方、帥氣的地方等等……

「然、然後！我覺得這樣很沒出息，但我想拜託你，幫我跟他牽線！」

Cosmos 會長睜大眼睛，拚命看著我。

光是看到她這樣，就讓我充分了解到她是多麼認真。

啊……呃？該不會 Cosmos 會長之所以會說今天想跟我一起出門，真正的目的是這個？

嗯，應該就是這個吧。

我的心臟直到剛才還跳得那麼快，現在卻已經意氣消沈。

從天堂掉到地獄這回事，原來真的有啊。

「不、不行嗎？」

Cosmos 會長用水汪汪的眼睛窺看我的臉色。

看到 Cosmos 會長這麼不安，就讓我一陣揪心。

「可以啊，請包在我身上！」

我朝胸膛搥了一記，強而有力地撂下這句話。

「謝謝你！真的很謝謝你！」

Cosmos 會長大概相當高興，對年紀比她小的我連連低頭道謝。

「那、那我們星期一再見！」

Cosmos 會長的羞恥大概已經累積到極限了吧。

她小跑步離開公園，只剩下我一個人。

這一瞬間，一陣風從公園內吹過。

……Oh。No。

這時的我，腦子裡只想得到這句話。

＊

「花灑！久等了！」

不知不覺間，星期天已經來了。

我和葵花也沒特別約好要在哪裡碰頭，只說：「想來的時候自己直接來就好。」所以她似乎就直接來了。

就在上午十點整，門鈴聲在我家迴盪，媽媽喊：「小葵來嘍～」我應了一聲，然後搖搖晃晃地從自己房間走到玄關。

我在玄關穿上鞋子，打開門一看，兒時玩伴葵花同學已經面帶一如往常的天真笑容，在家門前待命。

她穿著可愛的水藍色無袖T恤，以及和她葵花外號很搭的黃色裙子。

我本來還以為她會穿牛仔褲之類的服裝，所以看到她穿裙子就讓我有點佩服地心想：

「原來她也會穿裙子啊。」

我並不怎麼驚訝，而且我已經沒有力氣驚訝。

你問我？我穿著皺巴巴的牛仔褲和平凡的黑色長袖T恤。完畢。
坦白說，從那時候到現在的事，我記不太清楚。
只記得我茫然若失，回到家裡，吃了晚餐後入睡。就這樣。
睡前我查看了手機，看到 Cosmos 會長發了簡訊來說：「真的很謝謝你，你幫了我很大的忙。」所以我就回說：「哪裡哪裡，我才要謝謝會長。」
這些我還記得。我對於能夠好好回信的自己讚揚了一番。
我自誇？那還用說？也不想想我受到了多大的打擊。
「花灑！你幹嘛一臉怪樣？啊哈哈哈哈！」
眼前的葵花對我的絕望顯得絲毫不放在心上，笑咪咪的。
這種時候笨蛋實在令人羨慕啊。真的。
「說我笨蛋也太過分了吧。好啦，我們走！我們要用力走！」
是要用力走去哪裡呢？我接下來該去哪裡才好呢？
「今天啊，有我想看的電影！是今天開始上映的，所以我都乖乖預約好了！」
葵花得意地挺起胸膛。但憑妳的胸部實在有點靠不住。
「唔！不要嫌人家胸部啦！」
說是這麼說，妳可是從剛剛就若無其事地在和我的內心話交談耶。
妳是所謂的超能力者之類的人嗎？

「哈哈哈！花灑好奇怪喔！怎麼可能嘛！」
當然可能了。我明白了，我們走吧。
於是成了個空殼子的我就被葵花牽著手前往電影院。

＊

「啊～～！好好看喔！」
葵花心滿意足地呼出一口氣。想必電影的內容讓她覺得極為精彩。
我則對內容一頭霧水。大概演到電影小偷那邊，我的意識就淡出了。
「那一幕好精彩耶！噔噔！只要有愛就全都沒問題！」
葵花用我的身體和她自己的身體拼成一個愛心。
看來電影是愛情文藝片。
「還有這裡也是！凶手就是你！虛偽的黑暗，將被勇氣之光照亮！」
我本以為是愛情片，但似乎完全不是這麼回事。
葵花就像跳舞一樣，把自己的身體緊緊貼到我身上，俐落地擺出姿勢。
「然後最後是這個！在愛與勇氣的面前，全宇宙的細菌都要消失！」
雖然不知道是分類成什麼電影，但換臉的場面多半少不了。

葵花手按下巴，歪頭歪得身體傾斜得亂七八糟。

變得怎麼看都只像是在熱身。

「好！葵花能量……注入～～！」

葵花說著猛力抱住我。

真是的，哪來的葵花能量啦？

就算被妳這樣用力抱住，我又怎麼可能就這麼變得有精神？

「啊！花灑不再用敬語了。」

……這丫頭在一些奇怪的環節上倒是很敏感啊。要是這麼討厭敬語，我也可以從現在起就不說啊。

「嘻嘻嘻嘻，太好了！那就表示你多少有精神了點，對吧！」

她靦腆的笑容閃閃發光，用暖呼呼的心意填滿了我的心。

我忽然間收攏起散亂的意識，仔細看了看葵花。

「怎、怎麼了？」

她像小動物一樣被我認真的眼神嚇一跳的模樣，又讓我受到療癒。

也是啊……仔細想想啊，我的兒時玩伴這麼可愛。

Cosmos會長的事情，的確有點……不，是相當令我受到打擊，但我現在正和這麼可愛的女生兩個人一起出門。而且，還是對方主動邀我。

而我卻擺出這樣的態度，未免太失禮了吧。
「嗯，謝謝妳。我有精神了，葵花。」
「啊啊！花灑，你該不會是還想要我幫你注入葵花能量？」
「才、才不是！」
「啊哈哈哈哈！花灑你臉有夠紅的啦！」
葵花看到我這樣，天真地笑了。
她的笑容接連洗去了我心中弄髒的部分。
沒錯，難得的星期天，就把昨天的事忘掉，好好享受當下吧。
「那花灑，午飯要在哪裡吃？」
「也對。那……」
她這麼拚命鼓勵我，就帶她去那裡吃飯來答謝她吧。
其實我是想在昨天和 Cosmos 會長去，但反正到頭來也沒去。
「我們去一家離這裡要走一小段路的咖啡館吧。」
「很時髦的地方嗎？」
「那當然了，是一間時髦的好店。」
「哇啊！好期待喔！」
「好了，我們走吧。」

「喔喔！」
葵花高高舉起手，活力充沛地這麼回答。
……還好說了出來。看到葵花的笑容，讓我由衷這麼覺得。

*

「哇啊！好棒好棒好棒！」
一走進店裡坐好，葵花就興奮起來，連聲歡呼。
我們來到的是一間低調地蓋在河畔的咖啡館。
這間店不是開在人潮多的地方，卻連日大排長龍，菜色也頗獲好評。
而且氣氛也非常棒。木造的店面，加上店內有著漂亮的沙發，還到處掛有繪畫。無論情侶檔還是全家來都很合適，用途非常多樣。
所以你要問我們為什麼能在假日的午餐時段進到連日大排長龍的店裡？
就是所謂湊巧運氣好，遇到有空位。
「可是，這裡不會很貴嗎？」
葵花一反常態戰戰兢兢地問了。
「妳不用擔心，我出錢。」

「咦！可以嗎？」

「可以啊。畢竟妳讓我打起精神來，所以算是答謝妳。這是特例。」

「謝謝你，花灑！我最喜歡你了！」

突然冒出這句話，讓我的心臟忍不住怦怦直跳。

這種話可不能隨隨便便就說出口啊。

「啊，對不起！嘻嘻嘻嘻。」

花灑多半也發現自己說錯話了吧。

她有點尷尬地把視線從我身上移開，紅了臉。

這丫頭真可愛。

「請問要點餐了嗎？」

「呃……我點這個午餐組合。葵花呢？」

「我也選這個！麻煩再一份午餐組合！」

「好的。午餐組合兩份。請稍待。」

我們點完餐後，店員就去告知廚房。

結果不到五分鐘，餐點就端上來，讓我和葵花都嚇了一跳。

「花灑花灑！這炸蝦有夠好吃的！肉好Q彈！」

「就是啊。不對，喂，不要搶我的。」

葵花看準對話的空檔，伸出叉子把放在我盤子上的炸蝦輕巧地叉走。
然後「啊」的一聲張大嘴，還先暫停動作，露出慧黠的笑容。
「有什麼關係嘛！有什麼關係嘛！」
「不行啦。我就是特地要留下最後一隻來好好享用的。」
「唔！那我把我留到最後享用的花椰菜給你，這樣就扯平了！」
「那只是因為妳討厭吃花椰菜吧。」
「才不是。我只是特地留到最後享用。」
到頭來，我還是被弄得改吃花椰菜來代替炸蝦，覺得有點吃虧……不過，這是怎麼回事呢？我就是格外鎮定。
搞不好和葵花在一起的時候都是這個樣子。
……這樣啊？Cosmos會長非常漂亮，而且年紀比我大，讓我總會不由得有些緊張。
但葵花卻沒有這種情形。
她隨時都很開朗，天真爛漫，所以我也才能無所顧忌，想說什麼都說得出口。
「嗯？花灑，你怎麼啦？」
葵花開開心心地吃得滿嘴都是炸蝦，同時歪頭表示疑問。
這樣小小的動作撫慰了我的心。
「沒有，沒什麼。謝謝妳啦，葵花。」

所以我也乖乖對這個幫沮喪的我加油打氣的寶貴的兒時玩伴道謝。

「咦？花灑你原來那麼喜歡花椰菜？」

「哈哈哈，不是啦。」

葵花果然不懂啊。不過，這就是妳的優點嘛。

＊

「鞦韆！」

回家路上，一來到公園附近，開心地走在我前面的葵花就走向鞦韆。

真是的，妳根本還是個小孩子啊。

附帶一提，這裡不是我昨天和 Cosmos 會長一起去的那個公園。

昨天去的公園很寬廣，經常有人去那兒進行賞花等等的活動。

現在我們所在的地方，則是個只備有簡單鞦韆與滑梯的小公園。

葵花從小時候就一直很喜歡這鞦韆。

現在她也開心地站著盪鞦韆。

「哇～～！啊哈哈哈哈哈！」

「喂，妳盪得太起勁，會露出來喔。」

我的心臟猛然跳得怦怦作響。葵花難為情地忸忸怩怩，面帶笑容丟出這句話的模樣，簡直像妖精一樣，可愛得讓我想當場緊緊抱住她。

「我、我說啊！花灑！」

我還在發呆，葵花就大聲開口。

我覺得她說話的聲調比平常多了一點點緊張。

雖然覺得是我會錯意，但看到葵花的臉微微染紅，所以應該不是我想太多了吧。

「就、就是啊……這……該怎麼說才好呢……」

「怎麼啦？」

葵花非常窘迫。難得看到她這麼畏畏縮縮。

「其、其實我今天會跟花灑一起出門，是因為我有話要跟你說！」

「有話要跟我說？」

「是、是啊！雖然也許會讓你覺得困擾或排斥……」

呃？說了會讓我困擾、排斥？會是什麼事呢？

看她忸怩成這樣，真不知道是怎麼了。

「啊，呃……你可不可以先在我旁邊坐下來？」

「好，我明白了。」

我聽葵花的吩咐，走到坐在長椅上的她右邊坐下。

但即使我照辦，葵花卻不繼續說下去。

我隱約覺得有某種事情要開始了……等等，怪了？怪了怪了怪了？

總覺得這個形勢……和昨天的狀況，豈不是極其酷似？

我朝身旁的葵花一看，看見她視線亂飄，把自己的頭髮捲成一圈圈把玩。

重現率有夠高的。

「這個……！唔唔……」

她好幾次想開口，卻又不說話。

哈哈哈，我愈來愈看得出走向了。哼哼，原來如此原來如此，是這麼回事啊？

「其、其實呢，我剛剛也說過……就是，我啊……有喜歡的對象……」

聽她說到這裡，我確信了。錯不了。

「是啊，妳說過。」

我發出冷靜沉著的嗓音。這當然了。畢竟這不是在說我，是在說小桑。

「一想到他，我就覺得胸悶，光是每天能夠見到他就讓我真的好幸福。所以，雖然我覺得這樣很自私，但仍然硬是製造藉口見他……」

為什麼找我說這種話？想也知道，是為了找我幫忙。

我完全聽不見心跳聲。應該是因為我知道她會對我說什麼吧。還不就是說小桑嗎？

「我、我……」

葵花的臉湊了過來。慢慢地，但又確實地接近。

這實實在在是少女墜入情網的表情。雖然對象不是我，是小桑。

而當我們接近到彼此呼出來的氣息都會噴在對方臉上時，葵花用力閉起眼睛。

好～～ＯＫＯＫ。隨時放馬過來，別光說不戀！喔，我這雙關語說得真妙。

「我喜歡花灑的好朋友小桑！」

…………不要真的照我的預料來好不好！

怎麼可以真的這樣！

虧我在先前的過程裡，還拚命醞釀那種看似要提到小桑但其實不提比較妙的氣氛！

怎麼會跑出來？為什麼會跑出來？

給我縮回去，重來！從邋鞦韆的那一幕重來吧？

「我喜歡上他的契機，是去年棒球校隊打進的地區大賽決賽！」

也是啦，我就知道是這樣。

「那個時候，比賽就差那麼一點點，結果打輸，大家都很懊惱，小桑卻笑著一直鼓勵他們。比賽直到最後關頭才被逆轉，想也知道最懊惱的就是擔任投手的他，他卻犧牲自己，一直笑著，鼓舞隊友們說：『大家，不要放在心上！都怪我不好！』直到現在，只要閉上眼睛，我還是能夠想起他那種模樣。」

或許是因為相當難為情，只見葵花盯著大地，娓娓道來。

天空的 Cosmos 會長，大地的葵花。

倒是如果照這樣發展下去，天空和大地不會腦袋對腦袋撞個正著嗎？

「可是，只有我知道！因為後來我有點在意，就從球場的西入口前往球員更衣室。結果，小桑正巧從更衣室出來，把自己的頭用力往牆上撞去，一直在哭！」

她是走西邊！原來出入口不是只有一個！

「那個時候，我真的好心動！因為我就好想抱住他，告訴他說不是你的錯，你已經盡力奮鬥了。然後我就發現了，發現我……喜歡上他了。」

不用再說了。我好奇的部分也都解決了，不要全都講出來。

「只是，我和小桑不是變成好朋友了嗎？我很早去上學，盡量和小桑說話，可是你想想，像上次也是，他都問我幾時要跟花灑交往……」

葵花滿臉通紅，一發不可收拾地說了起來。

說起小桑令她喜歡的地方、帥氣的地方等等……

就說不用再說下去了。

「所、所以，雖然覺得這樣很沒出息，但我還是希望花灑能幫幫我！」

葵花睜大眼睛，拚命看著我。

光是看到她這樣，就讓我充分了解到她是多麼認真。

啊……呃？該不會葵花之所以會說今天想跟我一起出門，真正的目的是這個？嗯，應該就是這個吧。

為什麼會重複呢？因為地球是圓的嗎？

「不、不行嗎？」

葵花用水汪汪的眼睛窺看我的臉色。

看到葵花這麼不安，就讓我一陣揪心。

「可以啊，包在我身上！」

我朝胸膛搥了一記，強而有力地撂下這句話。

「謝謝你！真的很謝謝你！」

葵花大概相當高興，對我連連低頭道謝。

「那、那我們明天見嘍！」

葵花的羞恥大概已經累積到極限了吧。

她說著就小跑步離開公園，只留下我一個人。

這一瞬間，一陣風從公園內吹過。

……Oh。My。God。

這時的我，腦子裡只想得到這句話。

一般人會為一個自己不喜歡的男生親手做菜帶去嗎？會握他的手嗎？

答案是不！肯定是不！

……不行，針對 Cosmos 再回想下去，我就會被負面情緒所支配。

下一個。先想下一個。

沒錯，就是葵花！葵花對我說了什麼？

記得是說她喜歡小桑之類的……然後還說要我幫她。

……Jesus！我被人物樣版給騙了！

妳給我想清楚自己的定位！

妳可是兒時玩伴啊。兒、時、玩、伴！

這種定位的角色，非得喜歡我不可啊！就是該喜歡我才對！

街坊上不也都一開始就說青梅竹馬就是會交往嗎！

而且我可是一直相信妳從個性上就很好搞定了啊！

為什麼會跑去喜歡我好友？為什麼會喜歡上我的好友？

可惡！虧我還以為只要把遲鈍系鑽研到極限，和女生扯上關係，就會很有異性緣！

虧我還以為可以不被大家討厭，走上美好的人生！

可惡！可惡可惡可惡可惡！夠了，這種角色我不演了！

我已經充分了解到，就算努力笑咪咪和大家要好，也都沒用！

既然這樣，從明天開始我就要學壞，拿出最真實的自我……不對，慢著。

我要考慮清楚啊。要仔細考慮看看啊。

現在這個狀況……男生一個，女生兩個。

也就是說，即使有一方順利交往，也會有另一方吃不到。

到時候待在這個人身旁的是誰？不瞞各位說，就是大爺我啊！

哼哼哼……沒錯，機會還沒消失。

不要放棄。畢竟有個一生氣就很可怕的大叔也說過：「一旦放棄，比賽就結束了。」

所以呢，我接下來該採取的行動只有一種。

只要盡力幫忙，直到有一方跟小桑交往為止就行了！

不要放棄努力。要轉換跑道！

從今天起，我就要站在路人配角的立場協助她們。

你們想想，戀愛漫畫裡不就有過這種情節嗎？描寫沒追到心儀對象的女主角，和一個不知道什麼時候冒出來的配角交往！

也就是說，我就要拿這個當目標！路人配角最棒了！路人配角才是我的人生！

要放棄還太早了。大爺我的人生才正要開始！怎麼可以就這麼被腰斬！

……這種小人物的人生，大爺我真的能夠接受嗎？

第三章

本大爺真是個隨處可見的平凡路人角色啊

「包在我身上啦，我會好好幫妳的。」

「真的？太好了～我都不知道該怎麼做才好！」

好好好，我知道。我會好好盡我棉薄之力的。

何況我也確實可以拿到我要的好處嘛。

只要好好協助，那麼如果這丫頭被甩掉，我跟她就會很融洽……哼哼哼……

然而在協助之前，我要以保護好自己為優先，先打上預防針。

「啊，可是在這之前……」

「嗯？」

「我覺得這件事非得先跟妳說清楚不可，所以我才說的，就是啊，Cosmos 會長對我也有過一樣的請求。」

「咦咦咦咦！這是怎樣！」

我真想把這句話原封不動還給她。

我才想說「咦咦咦咦！這是怎樣！」咧。

不過坦白說，我本來也煩惱了相當久，不知道該不該說出來，但還是選擇老實說。

我打算之後也把這件事跟 Cosmos 說清楚。

如果對兩邊都裝好人，之後才被拆穿，被雙方同時責怪我到底是幫哪一邊，那可讓人受不了。

我不會犯下這種愚蠢的錯誤。

先發制人。要由我搶先揭露消息。

「就在星期六，她找我商量同一件事，請我幫她。」

「嗚嗚……果然 Cosmos 會長也喜歡他啊！」

原來妳早發現啦？真有妳的。

我先前還以為 Cosmos 是喜歡我，弄得期待在胸中不斷膨脹呢。

結果膨脹過度，就這麼爆掉了。

「畢竟上次你們來巡視的時候，就說看完要去看棒球隊嘛！先看過我們隊的網球場，然後才去看棒球隊的練習，怎麼想都很沒效率！而且那女人從很久以前就格外關照小桑，我一直覺得很可疑！」

「這、這樣啊……」

所以妳才拿球砸我啊？不要拿別人當出氣筒。

要砸就砸她本人啊，砸她本人。現在的話我准許妳砸她，儘管砸下去。

順便說一下，妳說話嗓音有夠恐怖，感覺根本是黑葵花登場了。

要知道妳自然而然把 Cosmos 說成「那女人」，可讓我當場倒盡胃口啊。

「然後啊，我這邊呢，是打算對妳們兩個都幫。」

「咦咦！你不挺我喔？」

「我當然挺妳了。可是，我也挺Cosmos會長。所以我對妳們兩個都會給予均等的協助，畢竟我也有我的立場，而且是Cosmos會長先拜託我的。不管到時候妳們是哪一個跟小桑交往，都不准有怨言，不然我就不幫忙。」

「嗚！」

「還有，等我今天去學校，這件事我也會跟Cosmos會長說清楚。畢竟要是只有妳知道這種情形，那就不公平了。」

「咦咦！討厭啦！」

「昨天妳根本就沒說要我保密吧？現在卻要抱怨，那未免太卑鄙了吧？」

「噗～～！」

葵花把臉頰鼓得像倉鼠一樣，露骨地強調她「有話要抱怨」，但這招對大爺我已經不管用了。別給我得寸進尺。

光是來找我幫忙就已經夠卑鄙了。

妳就直接去個祕境還是什麼鬼地方，然後在那邊跟滿口恩吧恩吧的當地人相好吧。

「那接下來要談的是今後的計畫。」

「咦！你已經幫我想好計畫了喔？」

要是這丫頭有尾巴，多半已經從垂下的狀態突然彈起。

啊啊，好可愛好可愛喔（唸稿）。

作為一個路人角色，我當然已經為了妳想好計畫嘍。

「那當然了。」

「哇～～！花灑，謝謝你！」

我的話似乎讓葵花十分開心，她撲上來抱住我。

淡淡的香皂芬芳飄進鼻孔，讓我微微心動……個頭啦！

妳這個少根筋婊子！妳知不知道妳的行動把我騙得多慘！

我再也不會上當了！

所以妳就給我多維持這姿勢一會兒！最好把緊貼率再往上升！

給我多用點力，抱緊，抱牢，絕對不要放手！

「好了……那要怎麼做？」

這丫頭可立刻就給我分開了啊！臭丫頭……這就是路人的極限了嗎？

「首先，就從改變妳的印象開始。」

「我的印象？」

「對。我覺得這種情形下，最重要的就是『先讓對方了解自己』，但妳在這方面不成問題，畢竟妳和小桑從國中就認識了。可是，這也會帶來壞處。就因為妳過去那種印象，對小桑而言，妳不是『女孩子』，而是變成『好朋友』了。我的意思，妳懂嗎？」

「嗯……小桑他一直都會跟我玩，可是這就和跟花灑在一起的時候一模一樣。」

「就是這樣。所以，首先就要改變妳的這種印象，要讓小桑把妳認知為『女孩子』。就從這一步做起。」

「花灑……你好厲害……」

「這是第一項作戰，然後從今天起，不要再跟我一起走進教室了。」

「咦？為什麼？」

「小桑不就常常拿戀愛話題來鬧我跟妳？」

「……嗯。」

聽到我這句話，葵花垂頭喪氣。也是啦，當然會在意了。

喜歡的對象以為自己對別人有意思，當然會很難受。

「我覺得會這樣的原因之一，就是我和妳一起上學，所以我們不要這樣。只是，在上學途中就一起走吧，因為我要在路上把想好的事告訴妳。」

「原來如此！你真有一套！」

「我們突然不一起上學，我想起初小桑會有疑問，但這樣就好。因為這樣就可以讓他知道我們沒有在交往，知道我和妳並沒有把彼此當異性看待。只是，我們在教室裡要像平常那樣要好地聊天，不然會讓他誤以為我們吵架了。所以從今天起，不要讓他看到我們太要好的樣子。還有，不一起進教室，在快到學校的地方就分開，懂了嗎？」

「嗯！我完全懂了！」

是嗎是嗎？妳理解力很高，可省了我不少力氣。

可是為什麼妳對我的心意就一點也不肯去理解呢？

咦？因為不重要？這有夠讓人火大的啊！雖然是我自爆啦！

「那從今天起，我們馬上就開始這麼做吧！」

「ＯＫ！那我們就一路往學校……Let's Dash！」

葵花聽完後格外賣力，抓起我的手就猛力飛奔。

計畫我都說完了，再跟妳一起走也沒有意義好不好？

不要什麼事情都把我拖下水。不過……這樣不會遲到，也沒什麼不好啦……

＊

……我累了。我快到學校時就和葵花分開，但我就是累得不得了。

為什麼連我都得陪那丫頭跑步？

算了，沒關係。總之就先進教室再說吧。

喔？葵花那丫頭已經在找小桑說話啦。

那我就好好欣賞他們的兩人世界吧。路人當然會看人臉色啦。

所以呢，我不對他們兩個說話，靜靜地在自己的座位坐下。

順便想想接下來的計畫吧。

「喂，花灑！」

我是這麼打算，但小桑跑了過來。看來是沒時間想計畫了。

「怎麼啦，小桑？」

「我說啊，你跟葵花怎麼了嗎？今天你們是各自來上學的吧？」

「沒有，根本沒事啊。」

我當然裝傻。

那還用說？無論如何都不能讓這件事被小桑知道。

可是，直接被提到這件事還真有點麻煩。

我對葵花使了個眼色，要她過來。

葵花看了後，連連點頭。

……嗯？她攤開雙手過來，我看是想從背後抱住小桑吧？

原來如此。這可不是少根筋婊子才用得出來的計謀嗎？相當不錯啊。

好，上吧。讓他見識見識妳B罩杯的破壞力。

「花灑，小桑！你們好賊……喔！只顧你們兩個聊得那麼開心！」

竟然不抱！為什麼要在只差一步的時候退縮啦！

而且還維持這樣的姿勢過來。妳是打算怎麼收拾妳張開手臂的情形？

「喔！那葵花要不要也來一起聊？」
「嗯！來聊來聊！」
不要開心地蹦蹦跳跳！先反省自己的失敗！
要知道妳這丫頭就在剛剛失去了一個機會啊！
……真沒辦法。就拿大爺我來讓妳練習，免得下次再失敗吧。
雖然我非常遺憾，排斥得不得了，但我就特別破例，讓妳抱住我的背來練習吧。
一定要！
「對了！小桑，我啊，昨天看了電影！」
「是喔？這樣啊？」
喔？以妳來說，這話題挑得還不錯嘛。
講這個話題就可以非常不著痕跡地邀他：「下次小桑也一起去看吧？」
「嗯！昨天我和Jo……」（註：花灑的日文讀音是「Johro」）
妳這個笨蛋！
妳在想什麼鬼！可惡！要知道妳剛剛正要把跟我在一起的事給暴露出來啊！想也知道不可以這樣吧！
要是說出這種事，又會變成平常那種情形了，想清楚再行動啊！
受不了，還好我情急之下瞪大眼睛阻止了葵花的爆炸性發言，但這下要怎麼接下去啊？

就因為發言突然停住，小桑可不是皺起眉頭來了嗎？

「Jo？葵花，妳怎麼了？」

我不管了。

「Jo、Jo……喬喬恩．天行者的演技超棒的耶！」

妳掰出這種把燒肉店跟原力合體的演員名字是怎樣！（註：燒肉店「敘敘苑」的日文讀音是「Jojoen」）

「喬」後面多的是可以接的名字吧？不管是接「治克隆尼」、「尼戴普」還是「尼萊登」都好，為什麼要追求自己的原創性？

「是喔～～？喬喬恩．天行者啊？我沒聽過這個演員耶。」

那當然了，因為是虛構的人物啊。是Made by 葵花的人物。

……嗯？葵花怎麼眼眶含淚看著我？這應該是在使眼色吧。

呃……我看看。

「想點辦法」。

也太會亂出難題了啦。給指令要給得具體點啊。

哪有人隨隨便便就想得出壓得過喬喬恩．天行者的話題。

不過我好歹也算是答應幫她了，要是在這個時候讓她對我的印象變差，將來這丫頭被甩時，我就沒辦法近水樓台先得月了。

那麼我就讓妳見識見識所謂路人角色的力量吧。

「我說葵花，妳這電影是自己一個人去看的嗎？」

「嗯、嗯！是、是啊！」

為各位讀者解說！我的這個發言，有兩種意圖！

意圖一，「葵花是一個人去看電影」。

意圖二，「我並未比小桑先得知這個消息」。

這樣一來，小桑就會想像到葵花並沒有特定的男人……也就是沒有所謂的男朋友，而且還能夠理解我並不是能比他先得知消息的人。大概！

我這圓場打得完美，但葵花的視線左右亂飄，讓我擔心得不得了。

「這樣啊……小桑，你最近有去看電影嗎？」

「沒有，一直都在參加社團活動，沒怎麼去看啊。」

「那下次要不要跟葵花一起去看？葵花她昨天好像是一個人去看電影，但其實她似乎是喜歡找個人一起去看。你想想，看完以後又有人可以講些感想之類的。」

「的確是這樣啊！那跟花灑一起去不就得了？」

「葵花跟我愛看的電影不一樣啊。小桑跟葵花談得來，而且我想你們愛看的電影也會很像。所以我就想說，不知道你有沒有興趣。」

我這招如何？根本是天才吧？不但一腳踢開了喬喬恩．天行者，還朝葵花傳出一記精準致命的傳球。好啦，趕快射門得分吧，葵花！

「我也嗓和小山一擠器看！」

好的！我的助攻當場被粉碎啦！

妳這到底是哪個外縣市的方言啦！

「是、是嗎？嘿嘿……總覺得好開心啊。」

喂，真的假的？奇蹟發生啦。小桑在這個時候紅了臉呢。

也就是說，原來小桑對葵花倒也不是完全沒有那個意思啊。

「能讓小山高信，我也好開森！」

嗯，葵花縣的葵花腔就先不說，這個回答倒是不錯。

很好。妳就儘管用妳的天真無邪對小桑發動猛攻吧。

之後的事情就包在我身上。我會和Cosmos過著幸福快樂的日子。

……然而遺憾的是，接下來並沒有什麼進展，後來我們三個就若無其事地聊天聊過了這段時間。

也好。只要讓小桑看到我和葵花正常交談的情形，他應該也能完全了解我和她並不是在吵架。

當初的目的已經充分達成。

而且，我還得到了很棒的情報。小桑會因為葵花說的話而難為情。

這也就表示他把葵花當女生看待。

＊

……嘖，已經放學啦？

我是不想去，但不去又不行啊……

就在班會結束的同時，我快步走向學生會室。

畢竟我們班的導師馬虎得很剛好，班會很快就結束。

我也就能夠利用遠比其他班更早結束而空出的這段時間，趁學生會開始前，把計畫告訴Cosmos。

順便說一下，Cosmos絕對會第一個出現在學生會室。

雖然不知道她用了什麼手段，但這點絕對不會改變。

我敲敲門，聽到有人說「請進」之後才打開門。

看吧，果然在。

還啪的一聲合上筆記本，對我露出美麗的笑容咧……

就是因為妳用這種眼神看我，我才會上當！無知是罪啊！

「嗨，花灑。」

「妳好，Cosmos會長。」
「對了，星期六謝謝你，我非常開心。」
「哪裡哪裡，我才要謝謝會長。」
這大概就是女神的微笑吧。我非常能夠體會。
但這也只到上星期六為止，對現在的我毫無效果，就像對地面屬性怪獸施放十萬伏特電擊一樣無效。
「Cosmos會長現在有時間嗎？」
「嗯，我看看。還不到開會時間，要一點時間是有的。」
很好。這樣的話，我就單刀直入地說了。
「那麼，我是要說星期六那件事。」
我一說出這句話，Cosmos全身突然僵硬。
好厲害啊。虧我還以為她從平常就絲毫不會動搖，沒想到被我一句話就激成這樣。
簡直是個陷入情網的少女，真希望她務必用這樣的視線看我。
「是、是什麼事呢？在這裡說也沒關係嗎？」
Cosmos唰的一聲打開筆記本，擺好架式。這鬥志實在驚人。
有這樣的鬥志很好。為了回應這種鬥志，我也要全力協助。
然後如果妳被甩掉，到時候就會和我……哼哼哼……

哎呀，我都忘了，得先做好明哲保身。

「還好啦，誰都不會來，我看應該沒關係吧。」

「就、就是啊！反正其他人在開會時間之前都不會來。」

沒錯。

我是為了多看 Cosmos 一秒也好，想盡量多爭取一些好感度，所以一直提早來，但其他成員則沒有這麼努力。

最快也要到開會時間五分鐘前才會來。這也就表示時間還很充足。

也就是說，那些路人都謹守路人的本分。

……雖然我也已經在同樣的定位安居樂業起來了。

「可是在這之前，有一件事我非得先跟會長說清楚不可。」

「嗯？」

「其實葵花對我也有跟會長一樣的請求。」

「你說什麼？」

我告知這件事的瞬間，Cosmos 的眼神當場犀利起來。

哇好可怕！真的有夠可怕的！

總覺得她背後有種黑色鬥氣外漏。好，就稱之為 Dark Cosmos 吧。

我差點忍不住倒退，但在這個環節上不可以怕。立場高的一方是我。

Cosmos和葵花不一樣，要是沒有我幫助，她幾乎完全無法有所進展。

「我星期天和葵花出門，她就是那時候拜託我的。」

「那個黃毛丫頭……果然是這麼回事啊！」

哇，這邊也完全察覺到了。

女人好可怕啊。而且還稱葵花是「黃毛丫頭」……會讓我對她的印象都變了啊。

「畢竟前幾天，我們去巡視的時候，她就對我明顯有敵意。尤其是我說要去巡視棒球校隊時，她的態度更是露骨地在鬧彆扭，還拿球砸你不是嗎？就是因為她做出這種不正經的行為，我才會在後來的會議上砍他們的預算。」

「是、是這樣嗎……」

這個人是怎樣？原來她是這麼可怕的人？真不想跟她為敵啊～

「然後，我打算對妳們兩位都提供協助。」

「天、天啊！我還以為你跟我是同一國的呢！」

別看不起我了。不要以為露出這種心急的表情，我就會對妳好啊。

「我當然跟會長是同一國的，但我和葵花也是同一國的，所以我會對妳們兩位給予均等的協助。畢竟我也有我的立場，葵花也是我很重視的兒時玩伴。不管到時候是誰跟小桑交往，都不准有怨言，不然我就不幫忙。」

「唔！」

「當然這些話我也跟葵花說了。葵花她是接受了，那麼 Cosmos 會長呢？」
「你這麼說，我也只能……」
乍看之下我是讓 Cosmos 做決定，但她沒有選擇權。
因為要是她在這個時候拒絕我的協助，我就會完全站到葵花那一邊去。
相信 Cosmos 不會做出這種愚蠢的行為。雖然她要拒絕也是無所謂啦。
「唔……我明白了，就麻煩你。」
看吧，果然變成這樣了。
「那接下來我們來談談今後的計畫。」
「你已經幫我想好計畫了？」
「那當然。」
「謝謝你！你好靠得住！」
不要動不動就握我的手。就說即使妳握我的手，我也沒感覺了。
我會證明這不是空口說白話，所以妳要再握住三十分鐘別放開！
給我多用點力，握緊，握牢，絕對不要放手！
「呼……那麼，我該怎麼做才好呢？」
這女的馬上就給我放手了！可惡……我果然只是個路人嗎……
「首先，就從改變 Cosmos 會長的印象開始吧。」

＊

好了，時間是晚上七點，除了我和 Cosmos 之外，沒有任何人還留在學生會室裡。

換作是先前，這種狀況會令我歡天喜地，但如今我完全沒有這種感覺。

看著 Cosmos 在我眼前雀躍地寫著筆記，反而讓我愈想愈火大。

「啊啊，好緊張啊！竟然可以和大賀一起回家，我心臟跳好快啊！呃，首先應該是打招呼。『辛苦了』、『你好』、『今日春光明媚，見君健朗，謹略表不勝之喜』……哪個好？」

「……我想最後那個最好別用。」

「是、是嗎？我還以為既然要重視禮儀，說到那樣比較好……」

也太重視了。為什麼要包含季節語？

「嗯？」

這個時候，我的手機震動了。打給我的人當然是小桑。

「啊，練習剛結束？……嗯……嗯。那我們校門口見。」

我結束這段漫無邊際的談話，迅速起身對 Cosmos 說：

「那我們走吧。」

「嗯、嗯！知道了。那個，花灑，我有沒有哪裡怪怪的？」

Cosmos用雙手梳理頭髮，露出僵硬的笑容。很容易看出她在緊張。

去他的墜入情網的少女。跟我出門的時候，露出的笑容可全不是這麼回事……

「不會，妳和平常一樣漂亮。」

「是、是嗎！謝謝你！」

虧我還加上漂亮這個形容，她卻輕巧地帶過。

換作是小桑說，多半已經臉紅得像是煮熟的章魚了。

反正我就是路人啦，哼！

＊

我們兩人一起走到校門，看見小桑已經先來了。

他注意到我走過去，笑著用力揮動手臂。

「嗨！花灑！你說有事，是什麼事？」

「不是什麼大不了的事情啦。啊，在這之前……」

我把身體微微往旁一讓，讓戰戰兢兢縮在後頭的Cosmos站到小桑面前。

「Cosmos會長今天也一起去。」

好啦，趕快打招呼吧。還有，收起妳的筆記本。

「春日生機旺盛，見君大展宏圖，謹略表小女子不勝之喜！」

就說為什麼要做這種季節語的招呼！我明明叫妳別這樣了！

不用這樣深深一鞠躬，正常點！

「啊！」

校門口響起啪的一聲。

因為 Cosmos 用力一鞠躬，導致筆記本掉到地上。

也是啦，畢竟她這麼緊張，手也抖得相當厲害。我就一直覺得會這樣。

總覺得很多方面都太糟糕了……然而，要化這種危機為轉機就是我的工作。

「對不起，小桑，可以麻煩你幫忙撿 Cosmos 會長的筆記本嗎？」

「這點小事沒什麼！嘿！秋野會長，請收下！」

「對、對不起！……謝謝你……」

為各位讀者解說！我的這個發言，有兩種意圖！

意圖一，「製造小桑和 Cosmos 相處的契機」。

意圖二，「我自己不撿」。

這樣一來，就能在小桑與 Cosmos 之間製造出溫馨的良好氣氛，而且我不率先行動，也就能讓小桑想像到我對 Cosmos 並未懷抱特殊的情感。大概！

我這圓場打得完美，但問題是 Cosmos 滿臉通紅地縮了起來。

「嗚嗚嗚……給大賀添麻煩了啦……」

Cosmos 雙手抱住筆記本，以只有我聽得見的聲音說出這句話。

嗯……雖然在我意料之中，但現階段是葵花壓倒性地有利。

Cosmos 本來就有著學姊兼會長這種令人不好親近的印象，卻還加上這種著急的模樣。若說小桑對葵花的好感度是十，對 Cosmos 大概只有三左右吧。

真是的……麻煩妳行動前先想一想，平常那樣的妳才比較有魅力啊。

「那麼小桑，可以麻煩你一起來一下嗎？」

「好啊！包在我身上！」

也罷，今天能賺到多少分數就看妳自己的造化了。

好好加油吧，我多少會幫幫妳的。

＊

我帶他們兩個去的地方是一家速食店。

位在從學校要走一小段距離的車站附近，是有M商標的漢堡店。麥開頭的那家。

我為了小小幫她製造機會，主動幫他們點餐，把占位子的工作交給他們兩個。

好的，兩人獨處的時間就這麼完成。儘管好好把握機會吧，然後我就要回去了。

「兩杯可樂和一杯冰紅茶，麻煩給我中杯。」

「好的！兩杯可樂、一杯冰紅茶，都是中杯！」

我收下了店員的全力營業用微笑與飲料，端著托盤走向他們兩人的位子。

這時我刻意放慢腳步，先偷看一下，結果……

哇！他們一句話也沒說！

小桑也不知道是不是因為突然和 Cosmos 獨處而緊張，把臉撇向一旁；Cosmos 這邊也滿臉通紅，在筆記本上寫字。

……這樣不行啊。

「久等啦。」

就在我對他們喊了一聲的同時，兩人不約而同以閃亮的眼神看著我。

是怎樣？我是天神的使者嗎？不是，我是人類。

我把飲料各放到他們面前，自己在小桑旁邊坐下。

我特意選擇坐在小桑身旁，是為了不讓他對我和 Cosmos 的關係有什麼無謂的誤會。

我很機靈吧？所謂的路人角色就該這樣。我自己說著說著都悲傷起來了。

「其實我要跟你談的事情，就是 Cosmos 會長。」

「「咦？」」

兩人不約而同發出狀況外的聲音。你們兩個從剛才就一直很有默契嘛。

如果交往搞不好會意外地順利。好，就交往吧。葵花這邊我會給她幸福的。

「我說啊，小桑，你不覺得 Cosmos 會長她給人一種古板的印象嗎？」

「這、這個……嗯～……」

小桑雙手抱胸，陷入沉思。

想來他多半就是這麼覺得，只是大概在煩惱該不該在她本人面前說出來吧。

Cosmos 啊，妳這樣屏氣凝神看著小桑也沒用，接受事實吧。

「要是覺得不方便說，也不用勉強啦。」

「不，這樣吞吞吐吐的，算什麼男人！我要說！你說得沒錯，秋野會長的確給人這種印象！」

Cosmos 聽他說得明明白白，露出一顆心被一刀兩斷似的模樣。

從我的觀點來看，是覺得她這種模樣相當有趣，但她本人大概受到了重大打擊吧。

而她就這麼以驚人的速度開始在筆記本上記東西。

嗯，這女生相當令人遺憾啊。屬於在重要關頭就會表現很差的類型。

「就是說啊。我想這不只是小桑，其他學生……尤其是 Cosmos 會長的學弟妹，也就是一二年級的學生，更會這麼想。」

「也是啦，畢竟又是學姊。」

「然後呢，我就是想設法去除這種印象，所以想藉助小桑的力量。」

「咦？這跟我有什麼關係嗎？」
這個啊，是因為她喜歡你啊。
但我不這麼說。
「小桑你想想，你不是跟大家都很要好嗎？而且正好也算是她的學弟，所以我就想說只要大家看到 Cosmos 會長跟小桑很要好的情形，大家可能就會不再有這種印象。而且 Cosmos 會長也真的有些古板的地方，希望透過跟小桑相處的過程來改善。」
「是嗎？總覺得應該有比我更好的人選啊。」
「沒有這種事。畢竟你很擅長逗別人笑，我想你一定也能讓 Cosmos 會長笑得開心。所以我覺得這個任務最適合交給你。」
「喔，被花灑一臉正經地稱讚，總覺得很難為情啊。」
我倒是因為明白不管怎麼被稱讚都不會有任何進展而絕望呢。
不行，我要冷靜。不要被負面情緒困住。
我是路人角色……我是路人角色……ＯＫ。精神衛生消毒完畢。
「所以呢，如果小桑不排斥，我是希望你在社團活動結束後可以和 Cosmos 會長待在一起，不知道可不可以？」
我這必殺妙傳如何！夠漂亮了吧！
我送出了這麼美妙的一記傳球，之後就只剩下射門得分了啊，Cosmos。

「我是沒關係啦，那個，秋野會長不排斥嗎？和我這種滿身汗臭的傢伙在一起。」
「才、才不會喵！」
喔，這孩子從少女變成貓了呢。
而且她本人似乎沒發現這點，就這麼說下去。
「我、我呢，那，個想設，法改，變自己的，這個形，象咩。其，實我想和，更，多學生要、好，和大，賀你，也想更要，好咩！」
「啊……好的！我明白了！秋野會長。」
句讀點都打在奇怪的地方啦。句讀點。要斷斷續續也該有個限度。
而且有一部分還變成山羊語了。
但最後那一句漂亮。講出個人的名字，還紅著臉，用力看著對方的眼睛。
完美啊。為什麼對我就不肯這樣呢？
Because she doesn't love me！Oh my godness！
「哈哈哈，小桑和 Cosmos 會長你們兩個都一樣，既然以後要好好相處，最好還是別用這麼生分的稱呼啊。小桑就叫她 Cosmos，Cosmos 會長叫他小桑，你們覺得怎麼樣？」
我是不是天才？根本啊，就已經是神了。不是，我是人類。
「喔！也對啊！那就請多多指教啦！Cosmos 學姊！」
「嗯，就拜託你了……小桑。」

Cosmos 似乎總算鎮定下來，露出柔和的笑容。

嗯，Nice 笑容。總算變得像樣點啦。

「總、總覺得有點難為情啊……」

小桑看著這樣的 Cosmos，難為情地用右手搔著腦袋。

嗯嗯。Cosmos 也和葵花一樣，被他當成女性看待啊。不過這也是當然的啦。

畢竟 Cosmos 很漂亮。

後來我們三個人針對今後要怎麼做等等的細節，一起討論了好一會兒。這又是另一個故事了。

他們兩人的第一類接觸就這麼順利成功，我驚濤駭浪的一天終於閉幕。

啊～～老實說，一想到每天都要過這樣的日子，就覺得累死人了……

*

——隔天。

啊～～好累啊～～總算等到午休時間啦～～

上次這麼期盼午休時間來臨，已經是多久以前的事啦？

也許已經要追溯到國小時，營養午餐菜單有我愛吃的菜那個時候。

昨天晚上，我回覆 Cosmos 寄來的一封格外用心的謝辭，今天早上則告訴葵花今後的因應之道。

眼前她們兩個的起頭應該都還算ＯＫ吧……至少起頭是這樣。

葵花……妳上午幹出的好事，我就先不去計較了。

因為我午休時間想擺脫妳的煩惱。

附帶一提，我雖然把她們兩人的心意都互相告知了，但並未連我做了什麼都說。

因為那樣一來不就成了雙面諜嗎？我不會做到這個地步。

不過不管怎麼說，午休時間到了。

要是不趕快找個地方待著，小桑就要來了。

小桑跑來，也就意味著葵花跑來。

葵花跑來，也就意味著 Cosmos 會生氣。

為了不引發這種負面連鎖，我非得從教室撤退不可。

可是，我該去哪裡？

學生餐廳？不行，那裡太吵了。

要一個人待未免太辛苦，因為周遭說話聲會吵得讓我腦袋一陣陣抽痛。

所以駁回。

屋頂如何？不行，那裡是情侶聖地。

想來現在也有許多情侶在那邊尖叫傻笑著享用午餐。

要是目睹那樣的光景，我沒有自信能按捺住自己。

我有信心會讓負面情緒失控，就像某個紫色的泛用人形兵器一樣大吼一聲，把整個場子給砸了。

所以駁回。

這麼說來……是有啦，有唯一一個我想得到的地方可以去……

那裡我也非常不想去，但比起其他兩個選擇又還好得多，最重要的是很安靜。

除了有一隻魔鬼待在那裡的這個壞處以外。

然而，別無其他去處的我也只能踩著無力的腳步走去。

一邊走還一邊全力向上天祈求：「拜託她千萬不要在！」

*

「哎呀，真是稀客呢。」

一打開門，她的說話聲就從背後傳來。

我看到她不在櫃臺才正覺得放心，結果她是跑去整理書了。

是辮子魔王 Pansy。看來我的祈禱完全沒有效用。

「怎麼會在午休時間跑來呀？」

我不想又被她纏上而惹上無謂的麻煩，還是趕緊躲到閱覽區去吧。

……嗯？那是什麼？有個紙箱上畫了格外大的叢林符號啊。

而且已經開封，箱子裡是空的。

……算了，說穿了我根本不在乎。

我縮起背，不理會找我說話的 Pansy，踏著沉重的腳步朝閱覽區前進。

Pansy 從後踩著小小的腳步跟來，但我特意不去理會。

我在抵達的同時，癱軟地把身體趴到桌上。

「花灑，我說真的，你是怎麼了？平常的你明明一臉像是受創的橘子皮，但今天的你卻一臉活像發霉的橘子皮。」

Pansy 似乎察覺到我的情形不正常，在謾罵之餘順便湊過來看著我的臉。

「抱歉，可以讓我一個人靜一靜嗎？」

不要有事沒事就來煩我。我根本沒有心情跟妳說話。

「哎呀，你的意思是要我當作你不在？」

「這樣也行。」

「我明白了。」

Pansy 問完這句話就迅速離開了。

今天她可明理得很嘛……那我就借用這裡小小午睡一下吧。
只要……【砰】。能夠……【砰】。安靜……【咚！】
「等等，好重！妳在搞什麼啊！」
這丫頭不知不覺間跑回來了！根本聽不見腳步聲！
順便說一下，剛才那砰砰咚的聲響是把書放下的聲音。
Pansy那丫頭，竟然把書接二連三堆到正要午睡的我身上。
「我是在座位上整理書。因為有很多書，整理起來很辛苦。這是我自言自語。」
這女的是怎麼在短時間內抱來這麼多的書？
「真是的……不要做太奇怪的事情好不好……等等，好重！太重了啦！」
我重新在椅子上坐好嘗試睡午覺，書本重壓攻擊就再度來襲。毫不留情。
「真是不可思議。這裡明明沒有人卻聽得到說話聲。是我幻聽了嗎？」
「我說……不好意思，可以請妳當作這裡是有人在而且讓他一個人靜一靜嗎？」
「不要。」
「妳為什麼就是不肯放過我？」
「明明就是你說可以當作你不存在的吧？你真傻。」
Pansy～～～～～！
「我說啊～～三色院同學。」

「叫我菫子就好。」
不要一邊推眼鏡一邊盯著我看。
給我想起我上次聽妳話時，妳說了什麼。
「不，三色院同學。」
「……你好壞心。」
「那個，我啊，現在，非常累。所以我是希望妳可以讓我一個人靜一靜……」
「畢竟你早上幫兒時玩伴談戀愛，放學後又改幫學生會長嘛。我想的確會很累。」
「……咦？」
這女的剛剛說了什麼？
「我明白了。雖然我唯一能做的就是把你的祕密告訴大賀，但我會努力試試看。」
Pansy 說著站起來，轉身背向我踏出腳步。
「給我等一下～～～！」
我大喊一聲，趕緊追向 Pansy 的背影，猛力抓住她的肩膀。
我心想這間圖書室裡沒有別人在，真的是太好了。我就是喊得這麼大聲。
Pansy 轉身面向我，一如往常面無表情地盯著我看。
「妳為什麼會知道呢？」
「知道什麼？」

「就是，那個……剛剛說的……」

「我討厭不乾脆的人。」

她的表情顯得有點不高興。我才想生氣呢。

「就算被妳討厭，我也根本不在乎。」

「好過分。我嫁不出去了。」

「那麼嚴重？」

「那你指的是什麼？」

她再度推起眼鏡，我的恐懼也跟著急速上升。

「沒有啦，我是想說，妳怎麼會知道葵花和 Cosmos 會長的事……」

「噢，這個啊，記得你在星期六是被秋野學姊找出去商量這件事，星期天則是日向同學找你，沒錯吧？」

「妳知道得這麼清楚？」

「這很簡單。」

「嗯、嗯……」

Pansy 平淡的語氣讓我產生恐懼，想也不想就撇開了視線。

結果我看見玻璃窗上映出的 Pansy 視線朝下，用力握緊裙襬。她……是在緊張嗎？

「因為我在跟蹤你嘛。」

…………什麼？

聽到的瞬間，「我在跟蹤你嘛」這句話成了回音，迴盪在我腦海中。

這句台詞，要說出口時的確會讓人緊張啦……但這樣不對吧！

為什麼Pansy在跟蹤我？我只覺得莫名其妙……

不，可是我至少知道這是很糟糕的事。這是泥沼，而且還是無底的泥沼。

一旦陷進去就無法脫身，全身都會慢慢陷進去，讓人窒息而死的危險泥沼。

好，快跑，要盡快逃走。再聽下去太危險了。

「這、這樣啊！原來三色院同學在跟蹤我啊！那就沒辦法了！那……就這樣！」

我迅速舉起手，一轉身立刻開始競走。

可以逃。可以逃。可以逃。

「要是你敢跑，我就全都說出來好了。」

不能逃。不能逃。不能逃。

我朝背後一瞥，發現那裡有一名使徒正淡淡地對我招手。

來人啊……給我真心。

「狗狗過來這邊。」

「是啊。」

Pansy 以極為明白的語氣承認了。

「那妳都不會想跟我交往啦、接吻啦，還有其他……怎麼說……不會想做各式各樣的事情嗎？」

「你沒提到性交，這點我予以肯定。」

「我說啊，妳知道什麼叫作包上一層糖衣嗎？虧我覺得不方便說出來才包上一層糖衣，妳卻不包，那不就沒有意義了？」

「不是這麼回事。我就只是想要你知道。」

「讓我知道要幹嘛？」

「……啊！」

「竟然沒想！」

我似乎說對了，只見 Pansy 撇開了臉。

這女的到底是怎樣，從剛剛就莫名其妙！原來這女的做事這麼不經大腦喔！

「之後的事情我倒是想了。」

「也太快啦！」

Pansy 把食指筆直伸向天花板，看起來臉頰還微微染成朱紅。

「是非常美妙的事。」

「我不要的話可以說不要嗎？」
「沒關係。」
「是喔……」
「花灑，你早上跟日向同學一起，放學後則和秋野學姊一起對吧……那麼，午休時間你就來這裡，跟我一起聊天吧。」
Pansy微微仰起上身，手朝閱覽區一擺。
「我不要。」
「不行。」
「妳明明說過可以說不要吧？」
「我一句話都沒說過我准許。」
「妳、妳這女人！」
「我想對你來說也是有好處的。在這裡有安靜的環境，也不會被別人聽見。光是這樣，不就非常美妙了嗎？」
關於這一點，Pansy的確沒說錯。坦白說，午休時間的圖書室幾乎完全不會有人來，另外還有一個不為人知的好處。
「而且，這裡要用來躲人也很方便吧？」
正是。這圖書室有很多地方可以躲。像是長桌底下、書櫃之間等等，即使有對我來說很我做完本日的各項業務（主要是和 Cosmos 與葵花相關），獨自在房間思索。
我的房間很樸素，沒有什麼醒目的東西。
只有最低限度不能沒有的傢俱、電腦，以及少少幾本漫畫。
不過這些就先不說，我先簡單說明一下狀況吧。
也就是所謂的前情提要。
首先第一件事，我決定幫葵花與 Cosmos 的戀情牽線。為的是讓她們兩人喜歡我好友——棒球校隊王牌球員的心意能夠開花結果。順便也是因為她們有兩個人，到時候我就能和被甩掉的一個發展成值得偷笑的關係。
這已經沒關係了。雖然多少有點火大，但我自己也答應了。
問題是第二件事。Pansy 對我表白了。
而且這女人對於我個性的祕密，以及我協助她們兩人談戀愛的情形，全都知道得一清二楚，是個棘手到了極點的人物。
然而，意外的是她並未對我太過分。
她對我的要求，也就是午休時間要和她一起而已。
她的目的是什麼？是因為擔心再這樣下去，她出場的機會就會變少，所以展開這樣的行

動嗎？

如果是這樣，大爺我會想辦法擠出時間，增加圖書室的場景就是了，拜託別來纏我。

就結果而言，現在的我就是排出了這樣的行程。

早上——葵花。

中午——Pansy（詛咒）。

傍晚——Cosmos。

簡直像是玩泡妞遊戲往後宮路線猛衝。

就來把我的這種狀況，做個簡單易懂的整理吧。

「葵花、Cosmos→（喜歡）→小桑」。「Pansy→（喜歡）→大爺我」。

……也是啦，我的確早就隱約覺得是這麼回事。

畢竟足足有三個名字有花的人登場，實在不覺得其中會有唯一一個沒牽扯進來。

可是，即使如此，也不應該會那樣吧？

那個時候她應該要說「我也喜歡大賀」，展開三方爭霸的情形才好。

改成「葵花、Cosmos、Pansy→（喜歡）→小桑」。「本大爺」劇情不也成立嗎？

為什麼好死不死，偏偏只有一個（下下籤）喜歡我……

好了，前情提要就到這裡，接下來該思考的，是我今後要怎麼行動。

加油吧，Cosmos。木頭正忙著燃燒乾柴烈火般的怒火。
「……這、這個，我的興趣大概是烹飪吧！別、別看我這樣，我還挺拿手的！」
不，妳怎麼看都顯得很拿手吧。
反而是廚藝差的話根本是詐騙了。是反差萌了。
「是喔？真好啊！有機會的話我也想嚐嚐看！」
「真、真的嗎！那我下次做點東西來！」
「哇！真的嗎！我超開心的！」
喔，和葵花不一樣，發展得相當不錯。這下 Cosmos 領先一步了？
「那、那我，該什麼時候做好帶來？」
我明白妳很興奮，但是不要拿出筆記本。
「隨時都好的。就交給 Cosmos 學姊決定。」
「知、知道了！那我明天午休時間就帶來！」
這可是急轉直下。Cosmos 這可大大領先葵花了。
想必 Cosmos 相當高興，臉上表情鬆垮到不能再鬆垮。
令我火大的是，她這模樣挺可愛的啊。
「我明白了！就麻煩學姊了！」
「好，包在我身上！」

「啊，既然這樣，我還有另一個請求……」

「請求？是什麼事呢？」

「到時候我可以邀我的好朋友來嗎？她叫作葵花。」

「葵……花？」

啊喲！小桑竟然來了一記意料之外的回馬槍！

只是話說回來，為什麼這個時候會提到葵花？早上你不就已經知道葵花對 Cosmos 觀感不好了嗎？為什麼還想邀她來？

「今天早上，她說想吃竹筍。所以我就想說難得有這機會，明天中午要不要跟 Cosmos 學姊一起吃午飯！」

萬萬料不到竹筍在這個時候生效了。真的假的……？竟然在這個環節上發動竹筍？

翻開覆蓋的陷阱卡「竹筍」就這麼給他發動下去啦。

效果是……不了，這梗應該不用套得這麼徹底吧。

「而且我覺得，Cosmos 學姊和葵花應該會很合得來！」

「不、不用了，我和葵花同學體格就相當不一樣……身高的事實在有點……」

Cosmos 小妹妹～太牽強了喔～妳這理由太牽強了喔～轉得很硬喔～

「不是，是竹筍。」（註：Cosmos 把「竹筍（たけのこ）」說成「身高的事（たけのこと）」來硬拗）

小桑清清楚楚地更正了耶～真是一板一眼啊～

「我是想說三個人一起吃飯一定會很開心……學姊覺得呢？」

啊～原來是想讓她們兩個好好相處啊？小桑真的是很會為別人著想呢。

可是啊，看在知道事情原委的我眼裡，這樣真的不行。

要知道讓她們兩人不對盤的元凶就是你啊（只是話說回來，倒也不是小桑的錯）。

「這……不知道耶。」

這邊也跑出 Dark Cosmos 了！黑葵花固然可怕，但 Dark Cosmos 更可怕。而且這個套路是怎麼回事……總覺得我已經猜得到後續的發展會怎樣了……

然後她脖子軟軟地轉動，對我使了個眼色。

「這是怎麼回事？」

有夠可怕的耶……

可是，我要冷靜。只要像應付葵花時那樣回應，自然就能意料到之後的結果。

「就是這麼回事啦。」

啊，糟糕，我忘了之後的結果會搞砸。不過算了啦，Cosmos，妳淪落吧。

「呃，不行嗎？」

「不會啊，不會不行。當然好了。是葵花同學是吧？把那個小丫頭也叫來吧。」

「小丫……頭？」

看吧，果然搞砸啦。Cosmos 也搞砸啦。

妳們是怎樣，是其實很要好，先講好了都要搞砸嗎？

這結果是理所當然，但小桑從 Cosmos 身前退開一步，用冰冷的眼神朝她一瞥。

「明天中午還是算了。」

「啊！」

Cosmos 多半也注意到自己的失言了吧。那當然了。

小桑是個耿直的人，是非常討厭背地裡講壞話的那種類型。

「我不知道 Cosmos 學姊和葵花之間發生過什麼事，可是，我知道 Cosmos 學姊對葵花沒有好印象了。我覺得這樣還要一起吃飯，一定不會開心。」

「啊……這個……」

Cosmos 慌慌張張，想讓小桑的心情好起來。

但她多半也沒預習到這一題吧，什麼話都說不出來。

「今天我就先失陪了。午餐就等有機會再麻煩學姊。」

小桑你倒是沒忘了討午餐啊。沒想到你還挺不吃虧的。

可是既然如此，他們之間的這種關係似乎也就不是就此結束。

光是這樣，應該就可以說是幸運了。

雖然他撇過身體就回去了。別在意。

被丟下的 Cosmos 站在原地不動，以絕望的眼神看著小桑的背影，直到再也看不見為止。

她張大了嘴發呆的表情實在是再合適不過。
咦？我總覺得好像在哪兒看過這種表情。
啊，就是那個啊，那個。埴輪土偶。看起來也像某個外縣市的悠哉吉祥物，但表情非常抱歉。
而等到小桑的身影完全消失後，她就維持土偶狀態盯著我看。
「怎、怎麼辦？」
被妳一臉這種表情問話，我才想問怎麼辦咧。
就說不要什麼大小事都問我了。

*

以上就是今天早上和放學後的情形。
不知道各位讀者能不能了解她們是多麼沒用？只要我不開口，立刻就會搞成這樣。
而且她們兩個都太直來直往了。要是這樣每次一聽到情敵的名字，就露骨地擺出厭惡的表情，我看她們唯一有可能的下場，就是一起被甩掉。
不對，慢著。這豈不是大好機會？
原來我兩邊都追得到？大逆轉後宮結局真的會發生？

正想著這樣的念頭，我的智慧型手機就收到了一封簡訊。

「怎麼可能？」

嗯？我沒收過這個簡訊帳號啊。這人會是誰啊？

我看看……JoroisminebySumireko@doco……等等，這該不會是Pansy……（註：「花灑」的羅馬拼音是「Johro」，「菫子」則是Sumireko）

「答對了。」

「咿咿咿咿咿！」

真的被跟蹤了！我的聯絡方式被知道得有夠誇張！

而且連心思都被看穿，還抓準時機用簡訊吐槽我！超可怕的！

我、我要冷靜……先調整呼吸，現在就忘了這些吧。吸～吸～呼～吸～吸～呼～……好。

我悄悄關掉智慧型手機的電源，就這麼砰的一聲躺到床上去了。

我看著什麼都沒有的天花板，回顧今天的情形，稍微想想自己的心意。

我當初是打算把她們兩個當中的一個和小桑送作堆，然後自己跟剩下的一個交往。

但連我自己也很清楚，這種心意已經幾乎完全消失了。

當然她們的臉蛋是很漂亮啦，坦白說，個性也不壞。

但就是太會把人耍得團團轉了。

小桑和她們之中的一個交往，日子不會很難過嗎？

小桑人很好，所以我實在不希望他日子太難過。

嗯……不，就別再想下去了。

她們也有很多優點，而且只要和小桑交往，也會好好把事情想清楚的。我還可以直接指出她們的問題！沒錯！我要幫她們兩個！

畢竟我們說好了，再耿耿於懷下去就太不夠意思了。

＊

「我呢，打算邀小桑去約會！」

「約會？」

「對，約會！」

一大清早，葵花在通學路上開口第一句話就讓我啞口無言。

她到底在說什麼？

妳昨天才因為自己的失言而惹火了小桑吧？

妳都不會覺得說，應該先挽回這個失誤嗎？

「然後啊，我都想好了！」

喔，可是還真難得。既然她說有自己好好想過，那我就來聽聽。

「想好了什麼？」

「噔噔噔～～！」

葵花自己配了音效後，從書包裡拿出兩張票。

「這……是電影票吧？」

「嗯！」

「也就是說妳要和小桑去看電影？」

「沒錯！花灑你真有一套！竟然這麼快就猜到了！」

要是經過剛才的對話，又看到她拿在手上甩的票，還猜不到她的用意，那反而才讓人搞不懂。

除此之外還能有什麼選擇？我和葵花去看？沒可能。

「那妳就是要用這兩張票邀他跟妳去約會是吧？」

「然後啊，我有個請求！」

「請求？」

「嗯！讓小桑可以跟我一起去看電影！」

「呃，由我來搞定……？」

「就是由你來。」

自己準備好電影票，這點值得肯定，但我萬萬沒想到竟然要我去邀人。

怎麼想都覺得她應該自己去邀。

「妳怎麼不自己邀邀看？」

「咦～～我才不要～～！」

咦～～妳白痴啊～～？

「可是，你想想……」

葵花露骨地露出厭惡的表情，把自己的手繞上我的手。

有種柔軟而有彈性的東西碰上我的手臂，但她自己多半沒注意到吧。

她一點也不害臊，用撒嬌似的眼神一直看著我。

「好嘛，花灑，求求你嘛～～」

婊子！更婊子！最婊子！

竟然讓大爺我動用「Bitch三段活用變化」……這個少根筋妹，深不可測。

「絕對是花灑去邀比較好啦！因為你們兩個交情那麼好！」

啊，是嗎？嗯，我和小桑交情的確很好。沒錯，我們交情有夠好的！

葵花妳也很懂嘛。嗯，妳說得一點兒也不錯！

畢竟我和小桑是好友嗎！既然妳話都說成這樣了，那也沒有辦法。

這個時候就由身為小桑好友的我來助她一臂之力吧！

「那就……」

我告訴她的計畫是這樣的。

首先，葵花在小桑在場的時候，邀我去看電影。邀我的時候要盡量大聲，讓周圍的人都聽得見。這樣一來，小桑應該就會產生興趣而跑來。

到這裡都是葵花的任務，接下來則是我的任務。等小桑加入談話後，我就要裝作那天碰巧有別的事，然後請他代替我去。

小桑人那麼好，只要這麼一說，除非他真有什麼要緊事，不然應該會肯去。

儘管連我自己都覺得把事情搞得很複雜，但除此之外我也想不到什麼方法，而且葵花也很高興地說：「這樣很好，花灑真有一套。」所以這樣應該就可以了吧。

那麼我們馬上開始進行計畫。

＊

走進教室往四周一看，小桑已經先來了。

葵花似乎總算還記得昨天鬧出的事，並未找小桑說話。

我才剛在自己的座位坐下，就用眼神對葵花打了個信號。

結果她大概是確實注意到了，猛然跑向我。

「花灑我們去看電影。」

糟糕。這真的很糟糕。這句毫無演技可言的死板台詞，整間教室都聽見了。

何況話題本身就太唐突了。至少也先打聲招呼再邀我。

「我不是說過我星期六有事嗎？」

而且弄成這樣，就算是小桑也會覺得太刻意吧……

「喂～你們兩個在聊什麼啊？」

啊，來了。好厲害。我自己講這個是不太對，但我本來還以為他絕對不會過來呢。

不過，有過來的話就算賺到了。就這樣繼續作戰計畫吧。

「小桑你聽我說花灑都不陪我去。」

至少加些句逗點。而且根本漏了最關鍵的「電影」這個詞。

「呃……你們在說什麼？」

小桑露出滿臉疑問的表情，對我問起。

這也說得是啦。這種時候與其去問葵花，還不如問我來得實際。

我朝葵花瞥了一眼，她在小桑背後擺出一種像是在說「之後就交給你了」似的姿勢，而且還擺出一張莫名的踟臉。妳是想說妳已經確實完成妳的任務了嗎？

「沒有啦，就是葵花說她弄到了兩張電影票，想要這週六去看，可是我已經有事……」

「是喔～那可以換我去嗎？」
「「真的？」」
我忍不住和葵花異口同聲問了出來。
這劇情發展超乎我意料。小桑竟然會主動提議。
「好、好啊……你想想，上次我們也聊到了，當然也要葵花不排斥啦。」
「一點也不會！我一點也不會排斥！反而很Welcome！」
兩天前的談話Nice！這可是令人高興的失算。
「這、這樣啊！那麼，葵花我們星期六就一起去看電影吧！」
「嗯！太棒了！小桑，不可以遲到喔！」
「那當然！包在我身上！葵花，我話先說在前面，我可是個絕對不會遲到的男人！」
「喔喔好靠得住。那我就相信你的這發言吧！」
「那當然了！」
葵花的情緒已經亢奮到最高點。
多半是因為她根本沒想到小桑會主動提起吧。我也沒想到。
可是小桑看起來對昨天的事情完全沒放在心上啊。
他已經不生氣了嗎？換作是常人，就算不生氣，至少總會保持距離個一天，不過這種事情也許真的是因人而異吧。

「真希望你能感謝我耶。」

Pansy 不高興地看了我一眼，但那又怎樣？

「這是強人所難吧？」

「人就是多少要勉為其難，才比較會長進。」

「光是跟妳一對一聊天，我就已經相當勉為其難了。」

「那我也勉為其難，去把花灑的祕密告訴大賀……」

「非常感謝妳的提醒！」

「你好噁心。」

Pansy 的毒言毒語過後，圖書室再度籠罩在寂靜之中。

其實我很想就這麼靜靜地度過，但有個綁辮子的惡魔默默把《廣辭苑》拿在右手上擺好架式。

相信她是在強調，這次該由我對她說些什麼了。

「我說啊，Pansy。」

「什麼事呢？」

我對 Pansy 一開口，她就眼神發亮。

她的眼神非常閃亮，讓我看得非常不爽。

「妳跟我說話開心嗎？」

「很無聊呢。」

Pansy用一如往常的平淡嗓音，把說話聲送進我耳裡。

「那妳為什麼要跟我說話！」

「是因為我想跟你說話。」

「妳莫名其妙！就算是說謊，這種時候也該說開心！」

「我不會說謊。」

「那就客氣點。」

「我想跟你發展成不用客氣的關係。」

唉～她真的是喔，到底在想什麼啊……

她說跟我聊天也不會開心，卻又說想跟我聊天。

真是個難以理解的生物。

「能跟你在一起，是很幸福的。可是，我討厭你老是對我壞心眼。」

「是誰對誰壞心眼啊？好好想想妳自己說了什麼，做了什麼吧。」

「我明明是好好為花灑著想才說出來的耶……」

「嗚！」

她淡淡的話裡蘊含著不平。說來非常令人懊惱，但她說得沒錯。

我完全沒考慮到小桑的心意。

而讓我發現這點的，無疑就是她。
「……」
我不知道該說什麼才好，朝 Pansy 一看，她只面無表情地看著我。
可是，我覺得她的眼神中透出了一種期待的神色。
可惡。好啦，我說，我說總可以吧。
「……Thank you 啦，Pansy。」
「不客氣。」
Pansy 似乎對我的回答滿意，回話聲音略顯雀躍。
不過這個就先不管，小桑喜歡的對象啊……這多半有必要先查個清楚。
理想是他喜歡葵花或 Cosmos；次佳是沒有喜歡的對象；妥協點是喜歡其他女生。
最壞的情形是……不行。一想下去，就只想得到我會不幸的情形。
就別再想了吧。
「我說啊，花灑。」
「幹嘛啦？」
「這會不會是我們一起做的第一件事？」
「怎麼可能！」
我最後撂下這句話，就逃命似的離開了圖書室。

＊

決定要做，就要做到底。這就是我的信條。所以我立刻展開行動。

巧的是下午有體育課，男生打籃球，女生打排球。

現在正好就是各自自由練習的時間。

小桑投出三分球，唰唰唰地接連入網。

我朝小桑走近，對他說：

「我說小三……不對，我是說小桑。」

「嗯？怎麼啦，花灑？」

他一邊說話一邊投進三分球。我也只能佩服了。

「小桑有喜歡的對象嗎？」

「喔、喔哇啊啊啊啊！你沒頭沒腦問這什麼問題啊！」

他似乎慌了手腳，這球連籃框都沒碰到。果然是太牽強了嗎？

也是啦，他當然會覺得唐突，但這樣就好。

對小桑這種類型的人，含糊其詞或拐彎抹角都沒用。

單刀直入，正中直球，才是最好的方法。

這一瞬間，我腦海中閃過先前所想到的最壞情形。

不妙，這可不妙了。回顧以前的情形吧。跑出來的是誰？是三個女生。

她們三個人的暱稱，正巧都是花的名稱。

這是不是表示小桑喜歡的對象是……不對，慢著啊。不可能會這樣的。

「啊，呃……你可不可以先在我旁邊坐下來？」

「嗯、嗯……好啊。」

我聽小桑的吩咐，走到坐在長椅上的他右邊坐下。腳都連連發抖了。

但即使我照辦，小桑卻不繼續說下去。

是的！出局～～！這出局了啦～～！

小桑視線亂飄，搔搔理成三分頭的短髮。這個很少女的動作和一八〇的身高並不搭調。

「這個……！嗚……！」

他想開口，卻又沉默。

我無法不在心中祈禱，希望他別再說了。

「其實啊……我……有喜歡的對象……」

我可猜到啦。是我吧。原來是我啊。原來你被我煞到啦？

就是說啊。小桑兩次，我兩次，這樣剛好。

「一想到對方，我就覺得胸悶，光是每天能夠見到就讓我真的好幸福！所以，雖然我覺

得這樣很自私，但仍然硬是製造藉口，跑去對方班上見這個人……」

小桑你在說什麼啊？如果你是說我，我們不是每天都碰面，都在說話嗎？

沒關係的。就算你的性向很特殊，我也一點都不在乎。所以，我們就這麼來吧？

「我、我……」

小桑說著臉湊了過來。慢慢地，但又確實地接近。

這實實在在是男子漢墜入情網時的表情。不要啦～花灑心跳得好快喔～

而當我們接近到彼此呼出來的氣息都會噴在對方臉上時，小桑用力閉起眼睛。

小桑……原來你對我這麼……！

「我喜歡一個叫三色院董子的女生！」

…………叮～響了，完全響了啊。

喪禮時搖的佛鈴聲在我腦袋裡迴盪啊。

為什麼？為什麼會變成這樣？

我做了什麼壞事？我內在的個性是很糟糕沒錯啦，可是我對外不是都有好好扮演一個好人嗎？

要知道，即使我有好感的兩個女生都喜歡另一個男生，我也不放在心上，還幫助她們耶。

各位冷靜想想看啊，這明明就很賺人熱淚吧？

那我為什麼會有這樣的下場？

我哪裡錯了？我不會再做壞事了，讓這些都變成沒發生過啦。

……可是……嗯。該怎麼說，冷靜下來一想，就覺得有夠雀躍的耶。

各位想想看，兩個女生對喜歡其他女生的男生墜入情網，而我就要幫助她們倆，讓男生回心轉意啊。這種經驗可不是那麼容易有的吧？

好！我愈來愈來勁了！

喂，Cosmos、葵花！接下來才是重頭戲啊！

我也會幫妳們想好滿滿的計畫，妳們可要好好發揮啊。

……不過這些就先不提，有個對各位讀者來說非常遺憾的消息。

很不巧的，因為諸多苦衷，這個故事就到這裡結束。

如果可以，我也希望能把後續情形報告給各位讀者知道！可是辦不到的事就是辦不到。

真的很對不起啊……可是啊，最後請讓我說一句話。

各位……我們後會有期！

【完】

哪有結束啦～～～！故事在【完】之後接下去了！跟各位讀者也太早再見啦！

「契機是在去年，我們棒球校隊打進的地區大賽決賽！」

小桑的契機也是在那裡喔！雖然我一直有猜到，可是竟然真的是這樣！

好歹也來點變化！真的不要三個人全都在那邊墜入情網！

「當時比賽以些微之差落敗，隊員們都很懊惱，我雖然笑著安慰他們，但我還是懊惱得不得了。因為我最後投的那一球控球有點差。要是那時候我有好好用防滑粉包就好了！」

小桑直視前方，對我述說。

附帶一提，防滑粉包指的是棒球投手腳下的白色粉末袋。

不是老人包（註：防滑粉包的日文發音近似「老人包」）。

「嗯……我也看到了……」

可是追根究柢來說，我們學校的棒球隊能打進地區大賽的決賽，都是小桑的功勞。

但會想到自己的失敗而不是功勞，也的確可以說很有小桑的風格啦。

不對，可是先不說這個，這下可就怪了。

考慮到之後的發展，應該已經東有天空的青龍（Cosmos），西有大地的白虎（葵花）。

小桑為什麼沒碰到她們兩個？

「然後啊，我出了更衣室以後，就再也忍不住，哭了出來！可是，我不想讓別人看到自己這種沒出息的模樣，所以從人最少的南出口出去了！」

哆〇A夢，拿出時光機！

我馬上去把小桑從東口或西口帶出去，趕快拿時光機出來啊啊啊啊啊！

「結果啊，我就在回家路上碰巧遇到了她！……遇到了三色院同學。」

南方的朱雀（Pansy）降臨。妳怎麼會待在那種地方啦！

「然後她就對我說：『你真的好帥氣，我看得都心動了。』可是啊，我當時氣急敗壞，忍不住粗暴地說：『打不贏就沒有意義啊！』結果啊……」

為什麼天空和大地都在待命，你卻跑去受詛咒的公主那邊？是因為沒有大海可以選嗎？

「然後她就這麼對我說：『能夠流著眼淚生氣，是只有沒放棄的人才做得到的。而且，你是個非常善良的人。你把自己的不甘心藏在心裡，在大家面前能夠強顏歡笑，就是最好的證明。所以不用擔心，下次你打得贏的。因為你是個非常善良而且堅強的人！』那個時候的三色院同學真的好漂亮！」

那女的幹嘛給我多管閒事！

還很正常地溫言軟語安慰他咧。妳平常的毒舌跑哪裡去了！不行啦。那種時候要是被人溫暖地安慰，馬上就會迷上對方的啦！麻煩妳行動前先想清楚這點啊！

「然後，雖然我覺得這樣很沒出息，但都說到這裡了，我就全部說完！花灑，你可以幫我跟三色院同學牽線嗎？」

就先把上體育課時問到的震驚真相忘掉，好好因應眼前的事態吧。

我在班會結束的同時，走向學生會室。

一來到學生會室門前敲門，就聽到裡頭有人以略顯雀躍的聲音說：「請進。」

相信Cosmos也確定我會第一個來到學生會室。

剛走進學生會室，Cosmos就翻開筆記本，主動提起：

「我認為首先應該挽回昨天的失敗！」

唔。這邊倒是和葵花不一樣，做出了正確的判斷。雖然小桑已經不生氣了，不過Cosmos不知道這點，而且即使不生氣，也還是先挽回比較好。

沒錯，Cosmos，挽回很重要，要挽回啊。沒錯，挽……

「所以我想煩請閣下幫忙確保和小桑先生一起用午餐的時間！」

不要用這種看起來很文雅的話啦，會讓妳像個白痴喔。

我聽了都想在妳這女人的筆記上刻下「和好的方法」了。

而且竟然還「想煩請閣下幫忙」呢。

看來她不打算自己去邀，是想叫我想辦法。

「妳自己去邀如何？」

「這我辦不到耶！」

那妳是白痴耶。

「可是……」

「我求求你，花灑！你看，這裡也是這麼寫的！」

Cosmos 猛然翻開筆記本給我看。

上面寫著「花灑會幫忙邀小桑來」。

就算我照筆記本上寫的指令行動，也不會死於心臟麻痺吧？不會出人命吧？

「我明白了……我會想辦法。」

「謝謝你，花灑！太棒了！這樣一來，就可以和小桑一起吃午飯了！」

等到妳可以和他一起吃午飯，可要記得這全都是花灑學弟的功勞啊。

＊

一去到校門口就看到小桑已經抵達，發現我們的身影後就笑著揮手。因此我們微微加快步調，走向校門口。

「小桑，辛苦啦。」

「喔！花灑，不好意思啊！」

小桑今天也為了「去除 Cosmos 會長正經八百印象」計畫而來赴約。

他明明忙著參加社團活動，卻還像這樣抽出時間來，人真的很好。

另外，Cosmos 略顯畏縮，半個身體躲在我身後。後來我姑且還是把小桑已經不生氣的消息告訴了她，但她多半還是會在意吧。

「Cosmos 學姊也是，不好意思，讓妳等到這麼晚！」

「不、不要緊的！畢竟正好有時間預習！」

對了，就算妳再怎麼害怕，也不要用手指在我背上打摩斯電碼。

「那今天要做什麼？」

長短短。她送來的訊息是「快點想辦法」。

真有種使不上力的感覺。

「也對，我先大概想了幾個方案，就邊走邊說吧。」

「好啊！儘管放馬過來吧！」

「首先，以後兩位每天午休時間都一起吃飯，不知道這樣好不好？畢竟昨天 Cosmos 會長正好答應要做飯菜來。」

長短短短。她送來的訊息是「這下豈不是功德圓滿？」。

話說太早了吧。

「咦，這樣好嗎？我還挺會吃的，給 Cosmos 學姊添麻煩，實在是……」

「哪兒的話！我才擔心會給你添麻煩呢。那個，例如你會不會想跟別人一起，呃……」

Cosmos 以怯懦的嗓音說出不安的話，額頭撞在我背上。

「啊！學姊不用擔心這種事情啦！因為我沒有這種對象！」
「那就說定啦。從明天午休時間開始，你們兩位就一起吃飯。我們就透過這樣的方式，來去除周遭學生心中對 Cosmos 會長正經八百的印象。」
「好啊！」
「嗯，我會努力的！」
「那 Cosmos 學姊，從明天起就有勞妳了！」
「哪裡，小女子不才，還請多多指教。」
長短短短短！她發來的訊息是「Bravo 喔喔 Bravo」。
我背很痛。
不要真的給我用腦袋來發摩斯電碼。
不過，怎麼說，事情可以這麼順利地談成，我也樂得輕鬆啊。
而且我為了因應小桑面有難色時而準備的台詞，也不用說出口了。
雖然背上還會痛……不過事情可以談得這麼順利，終究是再好不過。
畢竟我今天的兩個計畫都順利成功，但相對的卻有個超特大號問題來到我面前啊。

第五章

本大爺的悲劇離結束還遠得很

我回到家，走進房間，就由衷鬆了一口氣。

總算到了能夠獨處的時間。我都不知道獨處的時間原來是如此美妙。

但是，我不能再悠哉下去了。因為包括今天剛拿到的重量級問題在內，我有很多事情要思考……

葵花和 Cosmos 的事……現在應該不用管。

更重要的是小桑。

太離譜了……為什麼好死不死，小桑偏偏喜歡上 Pansy……

眼前我就先把我面臨的問題，再次用簡明易懂的一行文來說明吧。

「葵花、Cosmos→（喜歡）→小桑→（喜歡）→Pansy→（喜歡）→大爺我」。

萬萬沒想到的「」與「」合體，創造出了壓倒性的絕望。

可怕的單行道。我說什麼也要把這向量轉換到我以外的目標上。

另外，小桑喜歡的對象這件事，我對 Cosmos 和葵花當然都沒說。

而且我根本不想說，反而想從記憶中洗掉。

然而世事無常，既然【完】不在我期盼的時機來臨，我就非得想出解決方案不可。

從好主意到壞主意毫無遺漏地都想出來，再順便想想從構思到實現的過程試試看吧。

方案一：葵花或 Cosmos 和小桑交往。

實現這個方案的方法，有A、B兩案。

A案是葵花和 Cosmos 讓小桑了解她們的好，打動小桑的心。

讓小桑覺得「啊啊，她豈不是比 Pansy 好太多了嗎？」這樣是最好的。

然而，這很難。小桑有他頑固的地方，一旦做出決定就不肯讓步。

他這個人就是一路衝到底的類型，除了衝刺還是衝刺。

因此，駁回。

B案是小桑被 Pansy 甩掉。這樣一來局勢就操之在我了。小桑對起伏非常沒有抵抗力。

他之所以會喜歡上 Pansy，也是因為在沮喪的時候被 Pansy 好言安慰，就整個迷上了她。也就是說，等到小桑被 Pansy 狠狠甩掉，再派遣葵花或 Cosmos 去好言安慰，相信他又會輕易地被攻陷。

然而，這也很難。因為必須由小桑對 Pansy 表白才行。

純就今天的情形來說，小桑沒有要主動對 Pansy 表白的跡象。

畢竟他幾乎沒有和 Pansy 說話的經驗。

因此，駁回。

方案二：小桑和 Pansy 交往。

不可能啊，怎麼想都不可能。

＊

無論多麼不想這麼做……既然決定了就要做。這就是我的信條。

翌日午休時間，我懷著憂鬱得無窮無盡的心情，打開圖書室的門，Pansy 就已經在閱覽區待命了。

「午安，花灑。今天我烤了餅乾來，我們一起吃吧。」

我一在椅子上坐下，Pansy 就從包袱巾裡拿出餅乾，高高興興地拿給我看。

雖然我想不通為什麼要把餅乾放在包袱巾裡，但沒有關係。

現在我沒空理會這種小事。

「Pansy，我有話要跟妳說。」

我的這句話讓 Pansy 變得不高興，就這麼慢慢把一片餅乾塞了過來。

「餅乾先。」

「我先。」

「餅乾先。」

Pansy 強行把餅乾推到我的嘴上，一再要我吃。

在這個環節爭執下去也只會浪費時間，所以我從 Pansy 手上搶走餅乾，咬了一口。不管多趕時間，我都不可能主動張嘴讓她餵我吃。

「好吃嗎？」

「妳，去跟小桑交往。」

我不回答Pansy的問題，說出這麼一句話。

這一瞬間，Pansy的眼神微微變得尖銳了些。

「我不要。」

「不行，去跟他交往。」

「你好強硬。」

「我是很強硬。」

「為什麼會變成這樣？」

「妳自己讀心吧。」

「所以你是去問大賀喜歡的女生，結果他說喜歡我是吧？然後愚昧的花灑就想著該怎麼做。方案一是『日向同學或秋野學姊和大賀交往』，方案二是『我和大賀交往』，方案三是『花灑和日向同學或秋野學姊交往』，方案四是『我和花灑交往』。而花灑同學頭腦簡單，想說反正瞞不過我，於是從這四個方案之中選擇了第二個，想讓我和大賀交往是吧？選項中包括我和你交往，這點讓我很開心。」

「我沒叫妳讀得那麼清清楚楚！……不過，說來就是這麼回事。」

「我不要。絕對不要。」
Pansy 以平淡卻強而有力的聲調拒絕了我的要求。
「有什麼關係?小桑人很好，我保證。」
「我喜歡的人，我想一直在一起的人……是現在，我眼前的這個人。」
Pansy 把自己的臉往我身邊湊過來，用顫抖的嘴唇這麼說。
似乎是那種和 Cosmos 與葵花都不一樣的溫馨香氣與強而有力的眼神捉住了我的心，讓我不爭氣地微微心動了。
「……駁回。妳給我去和小桑交往。不用怕，會順利的。」
不行啊……我情急之下為了掩飾自己的心情，也許說得太用力了點。
管他去，我哪有辦法一一顧慮到所有事情。就這麼說下去！
「不會順利。」
「會。」
「你給我差不多……一點！」
「嗚！」
Pansy 至今說得最重的一句話，讓我不由得進退維谷。
不妙啊……看這樣子，我終究說得太過火了嗎……
「……你太沒神經了。」

「……我知道。」

「你為什麼說這麼過分的話？明明知道我的心意……」

她的話還是一樣無機質。

但這種無機質的感覺，彷彿正體現出 Pansy 的心情，讓我格外地有罪惡感。

「聽喜歡的人叫自己去和別人交往，原來這麼傷人。」

「……」

「你什麼都不說嗎？」

是要我說什麼？我一點都不想跟 Pansy 交往。

我甚至覺得既然這樣，還不如乾脆去和小桑交往。

「你什麼都說不出口是吧？你好過分。沒神經又自私，一點都不肯為我著想。」

說來懊惱，但她說得沒錯。我絲毫沒考慮過 Pansy 的心意。

「虧我今天還想跟你一起吃餅乾，開心地聊聊天，現在都沒辦法了。」

「……是啊。」

我好不容易擠出的話就只有贊同。該怎麼說，我……真沒出息啊。

「你暫時不用來了。」

她綁起包袱巾用力拉緊的同時，斬釘截鐵地說出這句話。

這也難怪，說來是我不好。怎麼想都是我不好。

看完 Pansy 這樣的簡訊，我就精疲力盡倒在自己的書桌上。

我，已經累了……

第六章

本大爺作夢也沒想到

真的是，她到底是從哪裡監視我？

該不會其實裝了竊聽器或攝影機吧？

不對，再怎麼說，她應該也不會做到這個地步吧。

反而應該想到如果她真的做了，我的尊嚴就會死掉。好，這件事就別再多想了。

「嗯？」

這個時候，我的手機又響了。怎麼？Pansy 還有什麼事嗎？

我這麼猜測拿起手機一看，發現不是 Pansy，是 Cosmos。

「明天，能不能見個面？」

……我看錯不了，肯定是今天她和小桑兩個人回家路上發生了什麼事。

搞不好，Cosmos 表白了？

畢竟她有著挺少女的一面啊。

如果她在兩個人一起回家路上興奮起來，一鼓作氣表白也沒什麼奇怪。

然後說不定就徹底遭到擊沉！

然後沮喪地來聯絡我。嗯，這非常有可能。

相反的情形倒是不可能。如果是相反，應該就不會是這樣短短一句話，發來的訊息應該會興奮到像是：「成功了！謝謝你！真的是多虧有你幫忙！」

真是的……上週六我就和 Cosmos 兩個人一起出門，沒想到這週也要。

一想到這裡，就覺得想嘆氣，搞不懂我為什麼要為了別人的戀愛而特地把假日耗費掉，但我又想盡快解決問題，也就不能拒絕，於是回信說：「我明白了。」

＊

碰面地點和上次一樣，就在車站附近的派出所前面。

這次我可不會那麼賣力，早一個小時就去。

我精準地好心在十分鐘前到了碰面地點。姑且還是有穿得時髦點啦……

Cosmos 上次早了三十分鐘就來，這次不知道會怎麼樣。

她那麼正經八百，說不定這次也早了三十分鐘來。

不過這些跟我都無關就是了。

我看看，Cosmos 來了嗎？

我四處張望，結果……她在。

在是在……可是，哇啊……真的好糟糕。

她的表情憔悴到了極點。穿著一身像是映出自己心情的純白連身裙，肩膀無力地下垂，頭也一樣垂得低低的，搭配她自豪的一頭長髮，簡直像從某一部詛咒片裡跳出來的模樣。

她吸引了和平常不一樣的矚目。

「什、什麼事啊？」

「Cosmos 學姊，有喜歡的對象嗎？」

「咦，喔，我、我嗎？」

「啊，看學姊這反應，是有吧？」

「怎、怎麼突然這麼說？」

「沒有啦，因為學姊的反應，就跟花灑之前問我同一個問題的時候一模一樣。」

「這、這樣啊？跟花灑和你說話時一樣啊……這麼說來，你也有喜歡的對象嗎？」

「啊！被學姊這麼一說，就覺得好難為情啊……不過也是啦……沒錯。是！我有！」

「這、這個……如果不礙事……我可以問嗎？」

「總覺得被這樣一問實在很難為情啊。不過，也許這樣正好。」

「正好？」

「是！我早就決定要跟 Cosmos 學姊說！不對，是只有對 Cosmos 學姊非說不可！」

「只、只跟我說嗎？」

「我，那個……」

「嗯……嗯。」

「喜歡三色院董子同學！」

「…………咦？」

「三色院菫子同學就是那個當圖書委員的女生！我從去年就一直好喜歡她，可是完全沒有辦法跟她親近，所以……如果有什麼好方法，我想請 Cosmos 學姊給我建議！」

「三、三色院同學……？」

「是啊！我覺得 Cosmos 學姊又是學生會長，個性上跟三色院同學也會很和得來！所以，這個……如果學姊不排斥，希望學姊能助我一臂之力！」

「這、這個，我……嗎？」

「是！啊……學姊果然不喜歡這樣？」

「不、不會！怎麼可能呢！當然好了！包在我身上！」

「真的嗎！謝謝學姊！這可幫了我好大的忙！」

＊

……小桑，看你做的好事！不行啦！這樣是最不行的啦！

與其這樣，還不如甩了她！這樣還好得多了！

「你……一直都知道吧？」

Cosmos用烏雲密布的眼神看著我。
好可怕。太可怕了……Dark Cosmos固然也很可怕，但現在她說話聽起來像是從地獄深淵出聲，就將她命名為Abyss Cosmos吧。
等等，現在不是想這種事情的時候了！
「我……都知道……」
「你為什麼……不告訴我？」
隨著這句話出口，Cosmos開始流起眼淚。
我第一次看到Cosmos這樣流眼淚。
我本來還以為她很堅強，不管發生什麼事都不會流眼淚啊。
「我怎麼可能……說得出口啊……」
「我就是在問你為什麼啊。」
Cosmos那充滿悲壯感的靈氣直撲而來。
但我告訴自己要盡可能維持和平常一樣的模樣，開始訴說：
「Cosmos會長有多喜歡小桑，我自認是知道的。但小桑另有喜歡的對象……我當然說不出口了。」
這是我的真心話。
雖說有我協助，但Cosmos自己也拚命努力。

在這種時候，要她因為小桑另有喜歡的女生就放棄，這種話我實在無法輕易說出口。因為即使小桑另有喜歡的女生，Cosmos 還是有可能讓他回心轉意。

「這就是你說不出口的理由嗎？真的……是這樣嗎？」

「咦？」

Cosmos 若有深意的話讓我腦子裡一團亂。這女的在說什麼？就跟妳說是實話了。

「小桑還這麼跟我說了。他說：『我找花灑商量，他就說我應該找個自己信得過的人，和這個人通力合作，全力以赴。不管戀愛還是棒球都要全力投球。』」

喂喂，這是怎麼回事？我可真的不記得有這回事啊。

「我、我沒說過這樣的話！」

「不要再繼續說謊了。我都從小桑那邊聽說了。他說：『我把自己的戀愛比喻成棒球去問花灑，他就明確地回答了我。』」

棒球？有嗎？她說棒球？這……難道……是那個？

「就是……在棒球比賽裡啊，如果來到一旦被打擊出去就會輸球的大場面，碰到對方球隊的第四棒，該怎麼辦才好？你覺得還是保送比較好嗎？」

「也是啦。換作是我，也許會選擇保送……可是，小桑你不一樣吧？信賴與努力。相信伙伴與自己先前的努力，不管什麼時候都不逃避，全力投球。這才是小桑吧。」

真虧妳在路上沒被警察帶去局裡保護啊。換作我是警察，肯定會帶進局裡。

然後就把她塞回家去。

「花灑〜〜〜」

「……有。」

「花灑〜〜〜」

嗯。沒救了。沒辦法交談。

「總、總之先到我房間來吧。」

「花灑〜〜〜」

葵花在玄關搖搖晃晃，我牽住她的手，強把她拉到我房間去。

我是第一次看到葵花這麼落魄的模樣，所以總覺得心情有點複雜。

＊

進了房間後，葵花還是什麼話都不說。

「總、總之妳先坐下吧！」

葵花聽了默默點頭，抱著腿坐在一塊坐墊上。

我確定她坐好後，自己坐到椅子上。

我本以為接下來就要進入正題，沒想到葵花就這麼往旁倒了下去。
看樣子如果沒有東西支撐，她會連坐都坐不穩。
「可、可以跟我說說發生了什麼事嗎？」
算了啦。
不管葵花是什麼姿勢，之後會發生的情形都一樣，讓她繼續躺著也無所謂吧。
葵花倒在地上不起身，流著眼淚，只動著嘴說：
「星期六啊……」
然後葵花就開始述說星期六發生了什麼事（※當時我不在場，所以這次就沒有旁白，要請各位讀者純看對話來觀賞了。聽她說事發地點是在從電影院回家的路上）。

＊

「小桑，問你喔，電影好看嗎？」
「喔！我看得有夠開心的！謝謝妳邀我來看啊！葵花！」
「太棒啦！嘻嘻。不客氣！」
「可是，花灑那邊不要緊嗎？總覺得不找他，只跟妳兩個人一起出來玩，對他有點過意不去……」

「小桑，這我之前不也說過了嗎！我和花灑是從小就認識沒錯，可是我跟他也不是在交往，彼此之間沒有戀愛感情啦！」

「的確是啊。嘿嘿，不好意思！可是，我就是忍不住會問啊。」

「不要再問了！要知道我之前也一直在煩惱啊！」

「咦？一直在煩惱？」

「對啊！要是被喜歡的對象誤會就……啊！」

「啊！這麼說來，葵花妳……」

「等等，小桑你不要一臉賊笑！忘掉！忘掉我剛剛說的！」

「不好意思，我忘不掉啊。是喔～～是這樣啊。原來葵花妳在談戀愛啊～～？」

「嗚嗚～～」

「不過，我覺得能被葵花喜歡的人實在很幸福啊！畢竟換作是我，要是被妳這樣的好女孩表白，我多半馬上就會答應！」

「咦！」

「啊，說成這樣會讓人誤會啊！不好意思！」

「不會！沒關係啦，這沒什麼！這樣啊……原來啊！」

「不過，原來葵花也在談戀愛啊？總覺得大家好像都來到了戀愛的季節啊。」

「咦？戀愛的季節？」

「是啊。Cosmos 學姊也說有喜歡的對象。而且……」

「而且？」

「這、這個……我一直打算如果今天有機會，一定要把這件事也跟妳說！所以我會說一些很奇怪的話，如果妳會覺得奇怪，拒絕也沒關係的！」

「咦？……嗯、嗯。」

「我也……那個，有喜歡的對象。」

「是、是這樣啊。」

「這件事還只有 Cosmos 學姊跟花灑知道！再來就是我現在說了，妳也就會知道了。」

「……咦？我也可以知道嗎？」

「對！而且，我覺得我第一個就該跟妳說了！」

「跟我……第一個……」

「我啊……這個……」

「嗯……嗯。」

「喜歡三色院董子同學！」

「…………欸？」

還好是Pansy……

會為這種事慶幸的自己固然沒出息，但真的還好是Pansy……

唉……真的，很多事情都是，饒了我吧……

＊

狀況變得比最糟還糟，可以說已經無法修復了吧。

即使我拚命思考，想設法改善現在的狀況，但當然沒這麼容易想到好方案，不知不覺一轉眼之間已經換了日，來到了星期一。

本來我早上都會和葵花一起上學，但今天不一樣。

哪兒都找不到葵花，也完全沒有要對我突襲的跡象。

那當然了。昨天她話說得那麼決絕，當然不可能到了今天就來找我說話。就算她來找我說話，我大概也不會理她吧。

來到教室一看，小桑和葵花已經待在裡頭。

他們都注意到我，小桑跟我打招呼，但葵花立刻把視線從我身上撇開。我們挺合得來的嘛，我的心情也一樣。

我就這麼不跟任何人打招呼，走向自己的座位。

「喂～～花灑！」
「抱歉，小桑，我現在不想跟任何人說話。」
不好意思啊，小桑，現在我沒心情去跟你平常那種調調答腔。
「喔、喔喔，知道了。」
「抱歉啦……」
小桑立刻就從我身旁離開。
這種時候他能夠察言觀色，實在是很有一套。坦白說幫了我大忙。
他再度回到葵花那邊，兩個人聊得很開心。
我看著他們兩人這種模樣，發著呆度過。

＊

在午休時間來臨的同時，我開始警戒四周。
我想多半是不會來，但畢竟星期五的午休時間，對我而言的恐怖代名詞 Pansy 就跑來了。
要是她進教室來，我就火速跑掉給她看。
在規定不准奔跑的校內全力跑給她看。
結果這時手機震動了。我心跳加快之餘，查看手機的畫面，結果……

「好啊，葵花妳怎麼啦？」
葵花一瞬間把視線移到我身上，但接著立刻撇開。
也是啦，畢竟我們彼此還在徹底抗戰中，說當然也是當然。
「我不想在這裡說。你想想，就是上次說的事情嘛。」
「啊，這樣啊！我知道了……那麼，花灑，不好意思，我去一下。」
「啊……嗯。」
小桑站起來，從我身前走開。
本以為葵花也會跟去，她卻莫名地盯著我看。
「……都是你不好。」
她小聲說出這句話，就追著小桑離開了。
都是我不好？怎麼可能？
不過，她來的時機的確不錯。
剛才我正好在猶豫，不知道該怎麼回答小桑才好。
就這點而言，值得嘉許。

＊

到了放學後，不去也不行，所以我前往學生會室。

我敲了敲門，就聽到裡面傳來平淡的一聲「請進」。

我聽見這句話的同時，打開學生會室的門一看，看見Cosmos淡淡地在筆記本上寫東西，對我當然看也不看一眼。

一直站著也不是辦法，所以我也就先隨便找了座位坐下。

「「……」」

寂靜籠罩住學生會室。這樣的時間過了大約五分鐘後。

「……這個，我就先交給你。」

Cosmos以無力的動作從可愛的錢包裡拿出零錢交給我。

是前天她沒付的飲料錢。

「有好好記筆記，在這種時候就會很有用。」

Cosmos笑著以右手舉起愛用的Cosmos筆記，但整個人沒有霸氣。

多半是小桑的事讓她很難受吧。

「我今天早上和葵花同學稍微聊過了。」

我收下零錢，Cosmos就說了。

「然後，我們已經決定了今後要怎麼做。」

相信她本來是不想說起這件事的吧。她用力咬緊下唇，像是隨時都會哭出來。

「可是啊，花灑。」

我正要一氣之下大聲怒罵的瞬間，Pansy 就插了話阻止我說下去。

「幹嘛啦？」

Pansy 把玩著辮子，一雙無機質的眼睛卻始終盯著我，只動著嘴說：

「真正有趣的才正要開始呢。」

我聽見背後傳來開門聲，回頭一看，看見三位訪客。

是小桑、葵花和 Cosmos。

他們三個看到我和 Pansy 一起，嚇了一跳。

尤其小桑更以明顯帶有怒氣的眼神瞪著我。

啥！為什麼這幾個傢伙會跑來這裡？

午休時間根本沒有人會來圖書室啊。

頂多只偶爾會有人來找想借的書，但一整週都未必能有一個。

「花灑……這到底是怎麼回事？」

小桑用力踏上前來，握緊拳頭。實實在在是一觸即發的狀態。

「這是……這個……」

「花灑，我也要你說清楚。為什麼 Pansy 和你會在一起？」

「呃……呃……」

說來是沒錯啦。

要是看到我和 Pansy 像這樣暗中見面，他們就會有這樣的想法。

認為我說午休時間我有自己的事情要做是在說謊，其實是想偷跑。

「大賀你是來跟我培養感情的吧。她們兩位則是來幫忙的？」

「抱歉，三色院同學，可以請妳暫時不要說話嗎？」

Pansy，妳給我閉嘴！這種事情不用妳說我也知道！

妳明明就是知道事情會變成這樣，所以才不像平常那樣讓我去閱覽區，而是叫我坐在櫃臺！為的是讓我沒辦法躲起來。

「答對了。」

我對小聲這麼說的 Pansy 產生了更強烈的怒氣，但沒有心思表現出來。

畢竟眼前就站著三個對我抱持懷疑的修羅。

「我說花灑，可不可以告訴我，你為什麼會和 Pansy 同學兩個人在這裡見面？」

Cosmos 遣詞用字很溫和，但聲調一點也不溫和。她也是認真的。

「花灑，你明明知道我的心意吧？我找你商量時，你對我說的都是假的嗎？」

小桑，我沒說謊，只是你誤會了。

「我說花灑，你說過你會幫我們吧？那你為什麼會在這裡？你一直都在騙我們嗎？」

「葵花同學說得沒錯。我聽說你一到午休時間就會消失，已經有好一陣子，我萬萬沒想到你是待在這種地方。你到底都跟她聊些什麼呀？」

「嗚、嗚嗚……！」

「你該不會在跟三色院同學交往？你明明知道我所有的心意……！」

才不是！為什麼就只有我會被誤會成這樣！這絕對有問題吧！

說起來，我之所以會來到這裡，導火線還不就是為了 Cosmos 和葵花找我商量的事！

而且，我跟 Pansy 又沒在交往。

Pansy 說她喜歡我，但我可沒喜歡她。坦白說我討厭她討厭得要命。

那為什麼我要被責怪成這樣？

為什麼我就非得被你們這樣嫌東嫌西不可？

「花灑！」

「花灑！」

葵花和 Cosmos 的喊聲震得我腦袋裡都有回音。她們兩人都以凶狠的眼神瞪著我。

我為什麼就非得被妳們用這種眼神看著不可？

要知道我之前可是一直都在幫妳們耶。

葵花，妳之前對小桑做出亂七八糟的事情時，妳以為是誰幫妳蒙混過去的？

Cosmos，妳害羞個沒完沒了，手忙腳亂的時候，妳以為是誰幫妳巧妙地打圓場？妳們都不會稍微想一下我可能也有我的苦衷嗎？妳們就連這麼簡單的事都做不到嗎？

「我啊，一直把花灑當成重要的兒時玩伴看待。原來只有我這麼想嗎？」

「我也是。虧我還覺得你是個可愛的學弟，願意幫助我，是靠得住的自己人。」

Change！Johro！Switch～～！On！

「開什麼玩笑～～～～～～～！」

夠了，我再也不管了。誰還顧得到以後怎樣？

不說給這兩個笨蛋聽懂，我這口氣吞不下去。

這羊皮老子不披了！

「我不說話，妳們倒是愈講愈得意，重要的兒時玩伴？可愛的學弟？虧妳們有臉講這種話！妳們給我差不多一點！」

這次換他們三個人被我變了樣的情形嚇了一跳，不約而同地把眼睛睜得比平常大了一成左右。

「別以為我永遠都只會畏畏縮縮地跟妳們陪笑！既然妳們來這招，我也要把我想說的話都說清楚，妳們給我做好心理準備！」

反正妳們就是會把我當壞人看待，既然這樣，我就回應妳們的期待。

我就把真正的我全都拿出來讓妳們見識見識！

「小桑無所謂！你的情形我多少知道，你現在會在這裡生氣也有道理。對，沒辦法。可是啊，葵花、Cosmos，妳們兩個不一樣。」

我怒髮衝冠，射出的視線讓她們兩人退縮了。

啥！別以為怕了就可以得到原諒啊，臭娘兒們。

「怎、怎樣啦……」

「你說我們跟小桑哪裡不一樣了！」

「哈！連這麼簡單的事都不懂嗎？妳們真的有夠沒出息的。」

我老神在在地嘲笑她們。

「只有用得到我的時候才來拚命依賴我、利用我。等到用不著了，就翻臉比翻書還快。就算我拚命想告訴妳們說我站在妳們這一邊，妳們也聽都不聽，一點也不肯替我想想我也有我的苦衷……」

為了實現她們的希望，我這些日子以來一直被迫做各種對我一點好處也沒有的麻煩事。

一下子把我當木頭，一下子把我當叛徒，真的是夠悲慘了！

「妳們這樣對待我，還敢說把我當成什麼重要的兒時玩伴、可愛的學弟看待？別害我笑掉大牙了，我氣得肚臍都可以煮開水了。」

我說出這句話的瞬間，葵花與 Cosmos 驚覺過來。

多半是總算理解到她們對我做了什麼樣的事吧？

「那些話還不就是為了利用我才說的？妳們真的這麼想嗎？就給我明明白白說出來啊，說清楚妳們其實是怎麼看待我的。」

「「……」」

「喂，葵花、Cosmos。」

我喊出她們的名字一瞪，她們就不約而同全身一震，不認輸地回瞪我。

但她們的眼神顯然缺乏力道。

「怎、怎樣啦？」

說這話的是葵花。她嚇得戰戰兢兢，但仍勉強回嘴。

Cosmos 則以帶著幾分恐懼的眼神，靜靜等著我說下去。

「對妳們來說，我不是重要的兒時玩伴，也不是可愛的學弟！」

我早就知道。知道歸知道，我仍然拚命忍耐，盡量不去想。

畢竟這個事實對我來說很難承受，而且一旦說出口，我們的關係就會毀掉。可是，我再也忍不住了。我不打算再忍下去。

「我……明明就只是好利用的工具！」

「「……」」

對本大爺來說，這是人生最大的震撼

「我是真心喜歡妳！我對妳一見鍾情！」

聽說她很乾脆地拒絕了這媲美莎士比亞的表白。

虧小桑人那麼好，Pansy 也太不識貨了。

後來我連圖書室也不去了。

畢竟我沒有理由去，而且聽說我不去之後，現在換成小桑每天都到圖書室報到。

說起因是葵花與 Cosmos 建議他「首先最好能讓對方好好了解你」云云……

不過不管怎麼說，能每天都和心上人說話，聽起來就很幸福。

都表白而被甩了，卻還繼續挑戰，這種永不放棄的精神讓我有點感動。

加油啊，小桑，處在校內金字塔最底層的我，可是悄悄在幫你加油啊。

*

後來有一天。

我在班上完全孤立，今天我正茫然看著放在書桌抽屜的教科書被人劃上的歡樂藝術畫作，就收到了 Pansy 的簡訊。

「午休時間，來圖書室一趟。我會把我真正的心意告訴你。」

坦白說，我不想去。而且我根本不打算去。

事到如今，我為什麼還非得去見妳不可？

就算是處在校內金字塔最底層的我，討厭的事情就是討厭。

尤其是害我淪落到這種下場的妳，我絕對討厭到底。

我對妳什麼真正的心意根本沒有興趣。

「要是你不來，我會做出非常過分的事情。」

好，今天午休時間就去圖書室吃一頓品味非凡的午餐吧。

「要在午休時間開始十五分鐘後來喔。」

看樣子她好心給我時間吃飯。雖然我一點也高興不起來。

啊啊，總有一天我要給 Pansy 好看。

＊

進入午休時間十五分鐘後，我準時在 Pansy 指定的時間來到了圖書室。

「你好。」

「……妳所謂真正的心意是怎樣？」

「在這之前，可以幫我把那邊那本《我是貓》拿來嗎？你一定會嚇一跳的。」

「好好好，知道啦……有夠麻煩……」

這樣的狀況持續了一會兒後——

「我說呢，大賀。」

這次換 Pansy 對小桑說話了。

「什、什麼事？」

小桑挺直了腰桿，姿勢非常好。

「我啊，有事情想問你。」

「有什麼問題儘管問！我什麼都會回答！」

「是嗎？謝謝你。」

Pansy 發出微微顯得雀躍的聲音。喂喂，看妳這樣子，小桑豈不是有希望？如果是這樣，那的確是相當令人嚇一跳。

「哇！這還是第一次三色院同學有問題要問我，我好緊張啊。不知道妳要問的是什麼樣的問題耶。」

嗯～～那真的是小桑嗎？

平常那種熱血到煩人的感覺都完全消失，切換成了陽光少年耶。嗯，這樣反而很噁啊。

Pansy 淡淡地看著這樣的小桑，慢慢地開口問起：

「你為什麼意圖欺騙花灑，陷害他？」

……啥？Pansy 這女人在說什麼鬼話？

小桑陷害我？怎麼可能……等等，小桑！你怎麼啦！

你整個笑著定格了啊！

「這、這個……是在說什麼啊？」

「對不起，是我問得不清楚嗎？」

「對不起喔！我有點搞不懂……」

「我換個說法。雖然我本來是想聽你親口說出來。」

Pansy 隔了一次呼吸的停頓，然後就以日本刀一般犀利的視線瞪了小桑一眼。

「你早就發現秋野學姊和日向同學的心意了吧？然後你陷害了花灑。」

「……妳在說什麼啊？而且，我覺得欺騙花灑、陷害他的人，應該是妳……」

怎麼了？這是怎麼回事？

我差點忍不住從書架之間衝出去，但拚命忍住。

他們的話還沒說完。在說完之前，我不應該衝出去打斷。

我拚命這麼告訴自己。

「這樣啊？你要裝傻是吧。」

「！」

「然後第二件，就是我和花灑之間有交集。你之所以把你對我墜入情網的事告訴日向同學和秋野學姊，是因為你急了，對吧？因為你得知花灑跟我有交集。」

「……原來妳連這種事都知道。是跟花灑問來的嗎？」

「我沒問。謝謝你自白。」

「嗚！」

Pansy 好可怕！原來這就是所謂誘導訊問的手法嗎！

「所以你改變了計畫。首先讓她們兩位對你的戀愛提供協助，這樣一來，仍然繼續協助她們兩人的花灑跟她們之間就會產生爭端，而你就是想利用這種爭端吧？可是，在執行這一步計畫之前，對你而言的幸運就先來臨了。那就是上次的午休時間。」

就是 Pansy 把我推進地獄深淵的那次啊？

「畢竟你什麼都沒做，花灑就出現在圖書室，跟我一對一聊天。你一定覺得這是大好機會吧？心想這樣一來，就能夠陷害花灑了。」

不，既然妳知道這麼多，為什麼還陷害我！

怎麼想都覺得那個時候應該要護著我吧！請妳保護我啊我說真的！

「可是，在圖書室那次是妳對花灑！」

沒錯！小桑，再多說幾句！說都是妳害了我最重要的好朋友！

啊，我都忘了我現在跟小桑處在絕交狀態……

「是啊。是我陷害了花灑。因為要是我不這麼做，你就不會再來了嘛。」
「這是怎麼回事？」
喔，小桑好巧啊，我也正想著同一句話。我們果然是……好朋友……吧？
「要是我在那個時候不假裝和花灑為敵，不就會被你發現我其實站在花灑那一邊？那樣一來，冷靜又狡猾的你就再也不會來到這裡，而且也絕對不會再露出馬腳。」
Pansy，原來妳是為了我才做出那樣的事？
所以才那樣連我都惹火？
這樣一想，就很神奇地覺得以前的種種都能夠原諒……個鬼啦！
不用了啦！與其弄成這樣，我還寧可繼續被騙！
不過，這當中我自作自受的成分也夠多了啊。
就算當時什麼事都沒發生，到頭來多半還是會弄成這樣。
「這應該只是遲早的分別吧。就算放著不管，花灑也會被你欺騙、陷害，而且他自作自受的成分也很多。」
啊，就是說啊。即使心裡明白，被別人這麼數落，還是會覺得火大呀喂。
「那我要拉回正題問你了……大賀。」
Pansy 就像要補上最後一刀似的空出了一陣停頓，小桑用力倒抽一口氣。
「你為什麼意圖欺騙花灑，陷害他？」

「就是啊。我徹頭徹尾混帳又愚昧，那又怎麼樣？我就是不能輸給花灑。只要是為了贏他，什麼事情我都做得出來。」

唉……如果可以，我是想躲到最後啦……不過也沒辦法啊。

「我不是這個意思。」

「啥？」

「要是在此時此地，你想對我怎麼樣，想也知道他一定『會來』吧？你連這種事情都不懂嗎？」

我當然懂了，笨蛋。

「『誰、誰會來』？」

「我那個粗暴又不對我好的爛人白馬王子啊。」

「這發言真的讓我不得不懷疑妳是不是真的喜歡我啊，喂。」

「花、花灑？」

當時小桑的臉，該怎麼說，真的好誇張。

大概是我突然從他背後出現，讓他大大嚇了一跳吧。

他的汗一口氣狂冒，一張嘴也頻頻顫抖。

「嗨，小桑。」

我始終維持冷靜而平淡的態度開口。

「這嘛，該怎麼說……你喜歡 Pansy 我是知道了，可是我們還是該區別清楚什麼事情可以做，什麼事情不能做啊。而且，我勸你還是別找上這種洗衣板辮子女比較好。」

「你為什麼最後總是要多嘴一句呢？」

「因為我覺得要讓他打消主意，最好的方法就是讓他面對現實。」

「愛情不就是盲目才好嗎？我也是只顧著想你，根本顧不了周遭。」

「妳這土里土氣的眼鏡只是裝飾品嗎？好歹也把妳這種糟糕過頭的品味改善一下。」

「我盡量。」

「為、為什麼……你會……」

小桑看到我和 Pansy 自顧自地說話，完全陷入混亂。

說來也是啦。他們之前的談話全都被我給聽見了。

而且他正打算對 Pansy 做出不得了的事來。

叫他不要慌，才真的是強人所難。

可是，我得要你再奉陪一陣子。

接下來，輪到我了。

「小桑的心情我也能體會。」

「咦？」

小桑似乎沒料到我會這麼說，睜圓了眼睛。

「就是 Cosmos 和葵花啊。她們真的有夠好笑的。」
「她們兩個？」
「對啊。她們為了讓你喜歡上自己，弄得像傻子似的拚命做了各式各樣的事情耶。而且，幾乎全都是白忙一場。我真的差點笑得腹肌都要搞垮了。」
說完我回想起這兩週來的種種，結果真的由衷覺得愈想愈好笑。
「葵花那丫頭也太不會想了。一下想做那個，一下想做這個，一想到什麼就不經大腦地想做。偏偏到了重要關頭，卻又沒了膽，什麼都不敢做。每次最後就搞得一臉要哭的表情看著我。遜斃了。」
一下子攤開雙手就這麼跑來加入談話，一下子又玩起竹筍探頭，她的傻樣實在棒透了。
完全符合白費工夫少根筋婊子會幹的事啊。
「Cosmos 那女人算是相反吧，她想太多。真的想問她：『妳不把大大小小的事情都記到筆記上再花時間預習，妳就什麼都不會嗎？』然後一到了重要關頭，結果還是不行。她雖然裝得一副很成熟的樣子，其實相當幼稚啊。品味整個很少女，怎麼想都不覺得她年紀比我大。太令人遺憾啦。」
Cosmos 格外愛用粉紅色的東西，還有搞得手忙腳亂的拚命模樣，實在很好笑。
虧她平常那麼鎮定，沒想到卻是個暴走少女。
「我的辛苦全都泡湯，就算我想解釋那是誤會，她們也聽都不想聽。我一沒有利用價值，她們就很乾脆地丟掉。當然她們也是有優點啦，可是很遺憾的，整體來說還是負分。至少經過這次的事情後，我就討厭死她們了。連她們的臉都不想看到。」

這不是謊言，是事實。

她們胡亂使喚人到那種地步，我再也不想和這樣的女生扯上關係。

說她們達到難搞之極致的境界，應該也不過分。

「可是啊……小桑。」

「咦？」

我在話中灌注力道，慢慢接近小桑。

「嘲笑她們的心意……可就不行。」

「你、你在說什麼……嗚！」

一看出他並未聽懂我話中含意的瞬間，我就全力揪住了他的衣領。

其實如果我和小桑在這裡打起來，我肯定會輸。

棒球校隊的王牌對上學生會的前書記，會打出什麼結果是不言可喻。

可是，這些都不重要。

哪怕多麼不想做……哪怕會有多難受……

「別開玩笑了。」

既然決定要做，就要做到底，這是我的信條。

「所以你要給我好好去跟她們道歉……知道了嗎？」

「知、知道了，我會好好道歉。我真的……覺得自己錯了。」

很好，看來他聽懂了。

不過我也早就知道不管怎麼說，小桑是個老實的傢伙，所以說了他就會懂的。

嗯，真的是還好沒打起來。

畢竟差點就要讓圖書室見血了啊。主要是我的血。真的好可怕。

「……可是花灑，你要怎麼辦？」

過了一會兒，小桑問了。

也是啦。坦白說，我的狀況比誰都更糟。校內的所有人都成了我的敵人，讓我過著飽受各種騷擾的日子。老實說，這樣日子很難過，很痛苦。

但比起這些，被小桑用擔心受怕的眼神看，反而讓我難受得多。

放心啦。我根本就沒想過要拿小桑怎麼樣。

「我就算了啦，我的情形本來就是所謂的自作自受。而且，要是真的去改善了我的狀況，小桑你的立場不就會變得很麻煩？所以，今天這件事我不會對任何人說起。這算是我們朋友一場的情份。」

「……是嗎？我又被你……」

啊，我都忘了。還是姑且也對她吩咐一聲吧。

「Pansy，妳也不准告訴任何人啊。」

「這是命令？還是，懇求？」

Pansy 先前一直旁觀，這時說話的聲音格外開心。

「算是愛的呢喃如何？」

「這我可不得不答應了呢。」

Pansy 露出達觀的笑容這麼回答。

「就這麼回事，小桑，拜託你保密啦。」

「嗯、嗯……知道了。可是啊，花灑……」

「嗯？怎麼啦？」

「……告訴你，我可還沒輸給你。」

小桑最後說了這句話就轉過身，走出了圖書室。

＊

「我覺得當濫好人也不能當得太過火耶。」

小桑離開圖書室後過了一會兒，Pansy 這麼說。

「你的現狀完全沒有得到解決耶。以後你仍然是學校裡所有人攻擊的目標。你會失去過

「好，我正是這麼打算。」

不管這女的還有什麼盤算，我都不管了。

反正我已經淪為校內地位最後一名，別以為這麼容易就讓我挫敗。

……不過，看來最好還是早點跑掉。

我的腦袋從剛剛就一直在鳴響警報，告訴我繼續待在這裡太危險了。

「那我走啦，Pansy。」

「好啊，『後會有期』，花灑。」

我不理會 Pansy 這句不祥的話，走出了圖書室。

我砰的一聲關上門，自然而然發著呆，看了看眼前的走廊。

唉……等我回到教室，不知道又會被怎麼惡整啊。

我想到就沒力，又麻煩。不過，算了。

一想到今後就覺得有點累人，但留在我心中的許多迷霧都已經散開。

我剛剛嘴上那麼說，但我大概還是應該感謝 Pansy 吧。

到頭來，就只有她從頭到尾都站在我這一邊啊。

Thank you 啦……Pansy。也好啦，我哪天心血來潮，會去圖書室看妳的。

我在心中道謝，回到了教室。

本大爺早就見過妳

終章

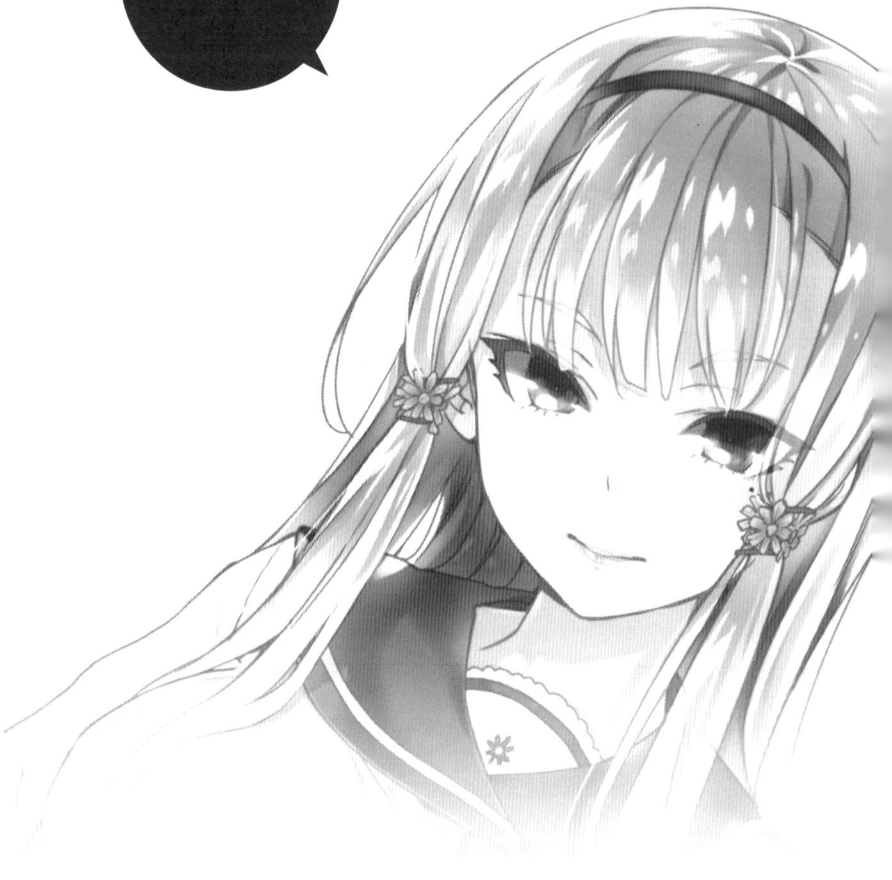

「不是，是你做的好事。」
「啥！」
Pansy 話中帶刺的這句話，讓我發出大大一聲搞不清楚狀況的疑問聲。
我做的好事？我什麼都……恐怕很難說是什麼都沒做啊。
「坦白說，站在我的立場，也覺得這個狀況非常傷腦筋。早知道會弄成這樣，就不該還多設下一道保險啊。」
看來 Pansy 是真的覺得事情非她所願，口氣顯得很嘔氣。
我是不太清楚，但看來 Pansy 似乎搞砸了什麼事情。
「不過花灑這麼傻，大概不會懂吧。」
喂，鬧彆扭是沒關係，不要遷怒罵我。
「那妳就說得讓我聽得懂。」
「……就是真正的你。」
Pansy 不改一臉不高興的表情說下去。有夠可怕。
「真正的我？」
「真正的你，不管什麼樣的時候，都會耿直地說出自己的想法。你根本不在意對方對你的觀感，無論如何就是要把想說的話說出來。大賀就是被這樣的你影響到了。」
「這話怎麼說？」

「不要什麼都來問我，自己想一想。你真的有夠傻。」

請問一下……Pansy 同學……妳為什麼會這麼生氣呢？

坦白說，這超可怕的啦。

我自認沒做出什麼會惹妳不高興的事情啊。

「這次也有一部分是我自作自受，所以我就好心告訴你，但是下不為例。」

「好、好啊……」

呼……雖然不知道是什麼事情自作自受，但看來她總算是願意告訴我。

還好還好。我的性命也安全了。

「我想你也知道大賀他只是非常怨恨你，但基本上他是個好人。開朗又活潑，是個非常不肯認輸的人。這你懂吧？」

那還用說？雖然現在關係非常尷尬，但我跟他可是已經認識很多年的好朋友了。

啊，應該說曾經是。

「而你就是對這樣的大賀說了：『對我就不用了，我要你跟她們兩個道歉。』被你這麼說，他會怎麼想呢？」

憑小桑的個性，那當然是……！

「你總算懂了？要是大賀聽你的話乖乖照辦，就等於他輸給了你。接受他怨恨的對象同情他，還幫忙保護他的立場，他不可能做得出這種事，所以他才會救你。因為他不想輸。」

主張的小小嘴唇，以及巨大的胸部。這有E……不對，有F罩杯啊。
她站立的身影，以及透過胸部讓我看出的勻稱身材。
完美。一個完美的女人就在我眼前。
Cosmos 也是個美女，但 Pansy 遠遠凌駕在她之上。
要是她們兩人站在一起，Pansy 的美足以讓 Cosmos 失色。
「是不是該說聲，好久不見？花灑。」
「啊、啊、啊嗚……」
Pansy 取笑一張嘴又張又合醜態畢露的我。
我最震驚的，並不是看見 Pansy 真正的模樣。
我現在得知了一個令我震撼的事實。
那一天，在地區大賽決賽結束後，我等小桑時讓我看得目不轉睛的女子。
那個胸部大又漂亮的大姊姊。
她……原來就是 Pansy。
「妳、妳不是待在南出口嗎？」
「我之前不也說過了嗎？我對你有興趣，所以先繞去北出口，後來才去南出口。因為我家就是離那邊比較近嘛。然後我就是在回家路上遇到了大賀。」
Pansy 以微微懊惱的表情這麼說。

「當時我太大意了。被大賀問到名字，我沒多想就老實告訴了他，這點也很失敗。」

相信她本來有把握，打扮成現在這種模樣就不會被認出自己是 Pansy。

相信她本來應該可以不被任何人發現，順利離開球場。

「都是你害的。因為我當時沖昏了頭，忍不住說出了本名。」

但她卻失敗了。

原來如此啊。這樣聽來，我的確很能體會小桑的心情。

要是看到這麼完美的女人站在眼前，相信任誰都會墜入情網。

Pansy 的美就是如此完美。

而小桑一直瞞著我這點啊？

而且既然看過眼前這個 Pansy，再看到 Pansy 在學校裡的模樣，應該會嚇一跳吧？

一想到這裡，就覺得有點好笑。

「『無條件喜歡我，長得超級漂亮，胸部又大，個性文靜又乖巧的女生』。」

Pansy 撂下這句話。

這是以前我在房間裡發過的牢騷，是對我而言的理想女性形象。

「我覺得我完全符合。」

雖然覺得說自己是美女的女人未免令人不敢領教，但以她的情形來說就沒有辦法。

坦白說，她是我人生史上見過最美的女人。

Pansy 把自己的手放到我手上。我就是無法揮開她那微弱顫抖的右手。

「誰管妳啊？」

相信 Pansy 應該早有確信。

確信她露出真面目，我就會不得不來圖書室……

唉……我到底要怎樣才能擺脫她？這女的真的很棘手。

「花灑，我這麼努力，你都不給我獎賞嗎？」

「怎麼可能給妳！」

「哎呀，那真遺憾。」

Pansy 以慧黠的表情開心地笑了笑，右手增加力道握緊我的手。

相信做這動作的她本人也相當害羞。飛紅的臉頰與顫抖的身體就證明了這一點。

然後，她那雙水晶般的眼眸美麗地鎖定我的身影，棉花軟糖般的嘴唇甜美地動了動。

「以後也請多多指教了，粗魯又不體貼的爛人如月雨露。」

「少囉唆，陰沉又讓人摸不透在想什麼的爛人三色院菫子。」

這女人外貌的確很好。完美。

可是，即使是這樣，唯有這女人的內在，我無論如何都不覺得有辦法喜歡。

那還用說？因為她過去一直對我搞出最強大最可怕的「使壞」。

因此，無論站在我眼前的是多麼只應天上有的美女，當時我的那種心情就是會從腦海中掠過。

喜歡本大爺的竟然就妳一個……？

「你等的，是女朋友？」
「如果我等的是女朋友，那我就變成同性戀了。」
「真是令人震撼的事實。」
「我可沒承認！完全不是這麼回事！」
「那我就放心了。」
為什麼會變成這種答案？雖然覺得她的思路有點怪，不過就別計較了吧。
她這麼可愛，所以就原諒她吧。可愛與胸部就是正義，這是從紀元前就確定的事。
「不好意思啊，我等的那小子遇到有夠沮喪的時候，就是會不對任何人說，自己一個人悶在心裡，所以我不能丟下他不管。在他來之前，我都不會離開這裡。」
呃……雖然不是今天的話就可以啦。改天……啊，對了。
「這樣啊……那只要不是今天就可以？」
「對啊，那當然。所以呢，麻煩告訴我妳的聯絡方式跟名字。」
沒錯，就是這招。這就是成功的答案。
不巧的是，今天等小桑來了，我就得以他為優先，沒有心思去想這些。
那麼我只要把目標放在取得聯絡方式與名字，日後好和她再見，這樣就行了！
「要告訴你是沒關係，但是我有一個條件。」
「條件？」

「……我想想。可以跟你要一串這個嗎？」

她說著所指的，是我雙手捧著的一大堆炸肉串。

「我想要有個可以紀念我跟你說話的東西。只是給我一串，應該不要緊吧？」

「呃……又要跟妳說不好意思，這也不行。」

「為什麼？」

該、該死！我幹嘛一而再再而三拔旗啦！

要知道只要拿一串炸肉串去換，就可以知道這女人的聯絡方式和名字耶。

怎麼想都覺得這個方案非常划算！

……可是，這堆炸肉串不行！絕對不行！

這些東西是為了盡可能給小桑加油打氣而存在的，不是為了我的慾望而存在！

「這不是我的東西，是我等的人的。」

「不是用你的錢買的嗎？」

「這……是這樣沒錯，但是總之，這些不能給妳。」

「明明有這麼多卻不行？」

「就是有這麼多也不行。」

「是嗎？我好遺憾……」

不妙啊……這下失敗的可能性很濃厚啊……

小桑。

……話說，小桑幾時才會出來啊？

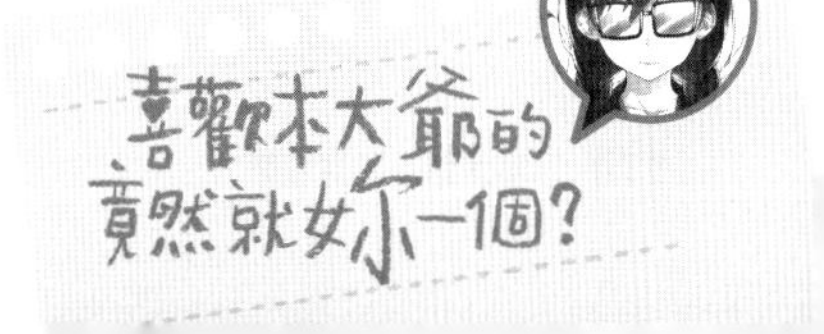

後記

我被躍動的心臟玩弄著站在大樓前，就有一名男性面帶迷人的笑容出現。
他是K藤氏。我後來知道，他就是即將擔任我責任編輯的人。
我就在K藤氏的帶領下前往大樓內，搭上了電梯。
然後出了電梯，往裡頭前進，就看到電擊文庫編輯部。
真沒想到我竟然會來到這種地方……！
我按捺住胸口感動得發抖的感覺，這麼說服自己。
不要緊張！接下來是第一次開會，我希望盡可能給大家留下好印象。
當我來到開會的座位上，K藤氏就說了聲：「請稍等一下。」然後就暫時離開。
過了五分鐘左右，除了K藤氏以外，還有兩名男性過來。
他們就是我的責任編輯M木氏與K原氏。我趕緊從椅子上站起，深深一鞠躬。
我完美地維持了45度角！這種時候駝背就是好用。
做完簡單的自我介紹後，看到三位拿出名片，我忍不住暗自竊笑。
為防萬一，我也帶了自己的名片來，結果還真的派上用場了！

©KINUGOSHI DEGUCHI 2014

Kadokawa Light Novels

嗜虐之月

Kadokawa Fantastic Novels

作者：出口きぬごし　插畫：そりむらようじ

這名少女很危險！小心你的命〇子！
評價兩極的抖Ｓ問題作悄悄登場！

幸德秋良是一位罕見的美少女——前提是先撇開她那詭異外加令人退避三舍的個性不談。這是一篇描寫被她盯上的少年——久遠久重新取回他原以為毫無意義的人生之前那一段充滿了愛與感動，既猥褻又殘忍而且下流的故事……應該吧？

NT$190/HK$58

台灣角川

Kadokawa Light Novels

©JUZO SHIIDA 2015

反戀主義同盟！ 1~3 待續

Kadokawa Fantastic Novels

作者：椎田十三　插畫：憂姫はぐれ

上了高中就要結交男女朋友並歌頌青春——
果斷捨棄這種愚蠢的夢想吧！

櫻花飛舞的新學期——想趁機擴大勢力的領家，為了徵召新成員而闖入新生歡迎會進行招募演說。接著出現了希望入社的學生——天沼皐。不知為何，她一加入便快速拉近與高砂之間的距離，讓領家的嫉妒瀕臨爆發邊緣。驚濤駭浪的第三彈登場！

台灣角川

各 **NT$190~220/HK$58~68**

©Rin Murakami, Anapon 2014

Kadokawa Light Novels

想變成宅女，就讓我當現充！ 小豆END

Kadokawa Fantastic Novels

作者：村上凜　插畫：あなぽん

如果柏田不以現充為目標……
就會有充實的阿宅生活等著他？

我決心以升上高中為契機，成為一名「低調宅」——原本應該是這樣的。一切都是她，櫻井小豆害的。她是個Coser，又是喜歡BL的重度宅女（笑）。而我居然與只對宅文化有興趣的她，加入到同一個社團研究阿宅？

各 **NT$180/HK$50~55**

台灣角川

Kadokawa Light Novels

©REKI KAWAHARA 2016

絕對的孤獨者 1~3 待續

Kadokawa Fantastic Novels

作者：川原 礫　插畫：シメジ

「我喜歡『特課』的人們。
拜託你，實同學。請你守護大家……」

實跟號稱「特課」最強能力者的「折射者」小村雛搭擋，挑戰潛入敵方藏匿處的作戰行動。他在那裡目擊到的是最強最惡劣的敵人「液化者」意外的真實身分……！陷入九死一生絕境的實跟雛，他們的命運將會……！

台灣角川

各 **NT$190~240/HK$58~75**

©Koushi Tachibana, Tsunako 2015

Kadokawa Light Novels

約會大作戰DATE A LIVE 安可短篇集 1~4 待續

Kadokawa Fantastic Novels

作者：橘公司　插畫：つなこ

約會忙翻天！私人的戰爭開始！
這次要揭露少女們的日常私生活！

十香一身兔女郎的裝扮在打工!?四糸乃身負重任，潛入某地搬運物資!?讓折紙回歸平凡的計畫、狂三的貓咪爭奪戰，以及真那在DEM時代度過的一天，揭露少女們不為人知的私生活！本以為平靜的日常生活卻因為一名魔王降臨而陷入再次紛擾的危機──

各 NT$200~220/HK$60~68

台灣角川

Kadokawa Light Novels

©YASHICHIRO TAKAHASHI
ILLUSTRATION: NOIZI ITO

實現之星 1~3 待續

Kadokawa Fantastic Novels

作者：高橋彌七郎　插畫：いとうのいぢ

天上出現了「死像」卻與「海因之手」無關？
膚色滿點的夏日泳裝戲水篇歡樂登場！

遠離了城市喧囂的女孩們一個個換上俏麗的泳裝，興高采烈地盡情玩水，只有直會樺苗一個望著藍天沉默不語，因為天上出現了「死像」。然而「海因之手」卻錯愕不已：「這個死像，不是我們創造出來的──」滿載少女軍團眩目泳裝的最新刊登場！

台灣角川

各 NT$160~180/HK$48~55

©Sho Azumano 2015

Kadokawa Light Novels

春日坂高中漫畫研究社 1~3 待續

Kadokawa Fantastic Novels

作者：あずまの章　插畫：ヤマコ

──妳一直覺得不可能有人喜歡上妳嗎？
三角戀愛關係大爆發的第三集！

隸屬於漫研社的里穗子，莫名被現充男生們耍得團團轉，寧靜的漫研生活現正受到干擾中。季節進入秋天，運動會、文化祭等孕育愛苗的活動相當豐富！里穗子對戀愛毫無興趣，但岩迫同學卻無視她的心情，終於展開行動！連神谷也跑來攪局……？

各 **NT$180/HK$55**

台灣角川

©HAJIME KAMOSHIDA 2015

Kadokawa Light Novels

青春豬頭少年不會夢到嬌憐看家妹

Kadokawa Fantastic Novels

作者：鴨志田 一　插畫：溝口ケージ

最喜歡待在家的楓突然宣布「我要上學」！
她即將為了哥哥而告別看家生活！

咲太的初戀對象翔子寫信表示想見面，而咲太沒能將這件事告訴麻衣小姐。預料又有一番風波悄悄接近兩人!?最喜歡待在家的妹妹楓突然宣布：我要上學！遭受霸凌而走不出家門的她立下這個偉大目標，咲太決心全面協助，麻衣小姐也願意盡一份心力——

各 NT$220~260/HK$68~78

台灣角川

為美好的世界獻上祝福！
暁 なつめ
illustration 三嶋くろね
絶贊熱銷中!!
「你要不要去異世界？可以帶一樣喜歡的東西過去喔。」
「那……就妳吧。」
（廢柴）家裡蹲就此跟（沒用）女神轉生異世界去了……!?
即使組成一群問題勇者，還是要拯救這個美好世界！
廢柴系ww
最搞笑的異世界喜劇!!

©HAJIME KAMOSHIDA 2015

Kadokawa Light Novels

青春豬頭少年不會夢到嬌憐看家妹

Kadokawa Fantastic Novels

作者：鴨志田 一　插畫：溝口ケージ

最喜歡待在家的楓突然宣布「我要上學」！
她即將為了哥哥而告別看家生活！

咲太的初戀對象翔子寫信表示想見面，而咲太沒能將這件事告訴麻衣小姐。預料又有一番風波悄悄接近兩人!?最喜歡待在家的妹妹楓突然宣布：我要上學！遭受霸凌而走不出家門的她立下這個偉大目標，咲太決心全面協助，麻衣小姐也願意盡一份心力——

各 NT$220~260/HK$68~78

台灣角川

為美好的世界獻上祝福！
暁 なつめ
illustration 三嶋くろね
絕贊熱銷中!!
「你要不要去異世界？可以帶一樣喜歡的東西過去喔。」
「那……就妳吧。」
（廢柴）家裡蹲就此跟（沒用）女神轉生異世界去了……!?
即使組成一群問題勇者，還是要拯救這個美好世界！
廢柴系ww
最搞笑的異世界喜劇!!

©2013、2014 Natsume Akatsuki, Kurone Mishima

©2013、2014 Natsume Akatsuki, Kurone Mishima

國家圖書館出版品預行編目資料

喜歡本大爺的竟然就妳一個? / 駱駝作 ; 邱鍾仁譯
-- 初版 -- 臺北市 : 臺灣角川, 2016.11-
冊 ; 公分
譯自 : 俺を好きなのはお前だけかよ
ISBN 978-986-473-326-2(第1冊 : 平裝)

861.57 105016594

Kadokawa
Fantastic
Novels

喜歡本大爺的竟然就妳一個？ 1

（原著名：俺を好きなのはお前だけかよ）

2016年11月17日 初版第1刷發行
2019年12月18日 初版第2刷發行

作者：駱駝
插畫：ブリキ
日版設計：伸童舍
譯者：邱鍾仁

發行人：岩崎剛人
總經理：楊淑媄
資深總監：許嘉鴻
總編輯：蔡佩芬
編輯：孫千棻
美術設計：黃永漢
印務：李明修（主任）、張加恩（主任）、張凱棋

發行所：台灣角川股份有限公司
地址：105台北市光復北路11巷44號5樓
電話：（02）2747-2433
傳真：（02）2747-2558
網址：http://www.kadokawa.com.tw
劃撥帳戶：台灣角川股份有限公司
劃撥帳號：19487412
法律顧問：有澤法律事務所
製版：尚騰印刷事業有限公司
ISBN：978-986-473-326-2

※版權所有，未經許可，不許轉載。
※本書如有破損、裝訂錯誤，請持購買憑證回原購買處或連同憑證寄回出版社更換。

©RAKUDA/KADOKAWA CORPORATION 2016
First published in 2016 by KADOKAWA CORPORATION, Tokyo.
Chinese translation rights arranged with KADOKAWA CORPORATION, Tokyo.

喜歡本大爺的竟然就妳一個？

Kadokawa Fantastic Novels